河出文庫

少年たちの終わらない夜

鷺沢萠

河出書房新社

目次

SPECIAL THANKS

TO

NAONORI. K

HIROYUKI. N

and

MANY COCKY BOYS

IN THIS TOWN

少年たちの終わらない夜

少年たちの終わらない夜

空の青さが目にしみる。流れ落ちる汗がまぶたの上に溜まる。もうすぐ夏が来ようとしている。

陽に灼けた首筋に光る汗は、何かのしるしのようにも見える。あと四キロ、あと三キロ──。残りが少なくなっていくにつれて、自分の中に高まってくるものがあるのを感じる。その感じは何かに似ていると真規《まさき》は思う。

蹴りあげた足の爪先から、心音のような鼓動が伝わってくる。それが自分自身の身体《からだ》の音なのか、それともただの錯覚なのか、真規には判らない。判らないけれど走り続ける。両方の脚は跳躍するような敏捷さで、まるで誰かにあやつられているようにコンクリートの舗装道を刻む。今は止《や》められない。

最後の一キロにさしかかったところで真規はスピードをあげる。目の前が白くなってくるようで、頭の中だけが冷たい。ここまで来ると、もう走っていることが走っていることではなくなる。

正門の前で膝に手をついて呼吸を整えていると、坂本の声がした。

「川野オ」

汗を腕で拭って真規が振り向くと、坂本亮がバスケ部のマネージャーの滝井を連れて来ていた。

「コーチが呼んでる。スタメン決めるってさ」

走ったあとの気持ち良さに邪魔が入ったように感じて、真規は顔の筋肉を歪めた。

「何ムッてんだよ、早く行けよ」

真規は黙ったまま腰を伸ばして、ゆっくりと体育館のほうへ向かって歩き出した。坂本と滝井のふたりが、真規の両脇に並ぶ。身長一八七センチの真規と並ぶと、ふたりの肩が真規の胸のあたりに来る。

「川野さん」

滝井が見あげるように真規のほうに顔を向けた。

「何」

「や、あとでちょっと……」

真規は無言で頷いた。

三年の引退試合が一週間後に迫っている。真規はセンターで四番を背負っている。絶対に勝たなければならなかった。試合が終わって夏になれば、真規は十八になる。

真規が陽子にはじめて会ったのは、去年の秋だった。パーティーの二次会で渋谷に流れて、そこで見かけない女がいると思ったのが陽子だった。白いワンピースがライトを映して青白く見えた。

「あの子知ってる?」

「ああ、利加が連れて来たんでしょ」

「へえ……」

「呼んでくる?」

「いいよ、好みじゃないよ」

「そオ? 遠慮しないでよ」

ミホがそう言って笑った。ミホの頼りなげな細い身体とやわらかすぎる金茶の髪を、真規は気に入っていた。一度だけ寝たことがある。だからと言ってミホに遠慮しなければならない筋合はない。「遠慮しないでよ」というミホの言い方が気に喰わなかったので、真規はミホに向き直って言った。

「じゃあ呼んでこいよ」

ミホはにやっとして、陽子を呼びにフロアのほうへ行った。ミホの後ろ姿を眺めながら、真規はちょっと惜しいことをしたと思った。ハーフのミホは脚が長い。背の高い真規がいつも思うことは、普通の身長の女の子と並んで歩くと首が疲れるということだった。ミホなら真規と二十センチくらいしか違わない。

――まあ、いいや。

ミホが陽子の腕をつかむようにして戻って来た。

「川野くん。川野……えーと何だっけ、真規くん」

「どうも」

ミホに脇をつつかれて真規がペコッと頭を下げると、陽子は不思議なものを見るように真規を見つめた。

ミホの好きな曲が流れ、ミホは歓声をあげてフロアのほうへ飛び出して行った。残された格好になった真規と陽子は、突っ立ったままでフロアを眺めていた。

「何て名前？」

「陽子。笠井陽子」

「カサイさんね」

真規はそう言いながら陽子を見た。――長い髪はまアまア、髪にかくれて顔は見えないけれど、ちょっと覗いているあごの感じもまアまア。

心の中で真規が陽子の採点をしていると、視線に気付いたのか陽子がフッと真規を見あげた。真規は少なからずドキリとした。陽子の目は顔に対して大きすぎた。そうして妙に赤い唇は小さすぎた。顔の中でひどくアンバランスに配置された目と口は、けれど不思議に危ない均衡を保っている。美人なのか美人でないのか判らなかった。

陽子のどこに惹《ひ》かれたのかと言われれば、真規はそのときの印象を答えるしかない。

真規が陽子と付きあいはじめたと聞いて、仲間は笑った。

――あのブス？　川野どうしちゃったの。

――でもあの子よく見ると可愛いんだぜ。

――いや、俺はアッチの方がかなり良いんだと見た。

――それが違うンだってよ。川野まだあの子食ってないって。

――ウソ⁉

――マジだって。

真規が三年に進級したとき、誰もが信じられないと言った。仲間うちでも留年決定と見られていたのが、あっさり上がれた。成績は悪いほうではなかったが欠席が多かったのだ。

「セコいんだもん、お前」

留年した坂本が言った。真規は学期の始めから、自分の欠席日数を数えていて、学期の終わりでギリギリの出席日数を保てるように調整したのだ。セコいといわれようと、そんなことは当たり前だと真規は思っている。

「いいじゃん、新人戦二回も出れて」

同じバスケ部の坂本に、真規は冗談めかしてそんなふうに言った。

「ふざけンなよオ、俺いっこ下と一緒に遊ぶのヤだよオ」

「なんで、いいじゃない、スーちゃんもいるし」

真規のことばに、坂本は今度は本気で怒った。「スーちゃん」と真規が言ったのは、ミホと同じ〝インター〟の一学年下にいるやはりハーフの女で、本名は関口スーザンという。この女が坂本に惚れているのは仲間うちでは有名な話だが、坂本はスーザンから逃げようとして必死なのだ。

「だってアイツ、ハーフのくせに可愛くないんだもん」

確かにスーザンは背が普通よりも低めでおまけに顔が大きい。仲間の何人かは、それでもいいじゃない、と坂本をけしかける。

「可愛いか可愛くないかなんてこの際カンケイないじゃん。食っちゃえよ」

そう言われると坂本はニヤッと笑って首を振る。

「やだよ、アソコ血だらけになっちまうよ」

スーザンは歯の矯正をしていた。

練習が終わった帰り際、マネージャーの滝井が真規を呼び止めた。

「川野さん、ちょっといいすか」

真規は滝井の方を振り返った。一年下の滝井を、真規はあまり好きではない。二年を「仕切って」いて、留年《ダブ》った坂本に妙になれなれしくしている。

「なんだよ」

「ヤマシタ知ってますよね」

「ヤマシタ？　どこの」

「麻布のヤマシタ……」

「ああ、いっこ下だろ」

「そうなんですけど、アイツがちょっと……」

滝井がねちねちと語り出した話によると、そのヤマシタが、今度滝井たちが打つパーティーと同じ日に、しかも同じビルの階が違う場所で、同じ時間帯でのパーティーのチケットを流しているという。

「女が流れちゃってンですよね」

「女ったって、麻布が呼ぶ女じゃ別にカンケイない女だろ」

「それがあ、K女の恵美子とか……」

「ええ？——どうして」

「や、どうもパー券タダで流してるらしいんですよ」

「――バカじゃねえの」

「なんか奴らだけではじめて打つから、キバってるらしいんですよ」

「……仕方ねえな」

「どうにかなんないですか」

真規は答えずに歩き出した。気分が悪くなった。以前坂本が、ヤマシタが気に喰わないと言っていたのを思い出した。ヤマシタにチケットをさばかせると、違うノリの集団がパーティーに混じることがある。

――アイツ、すげえ値段でパー券さばいてンだよ。二千円バックのチケット、八千円とかで売ってンだ。

ヤマシタをみんなで潰そうとする日に限って、女連れで来るから潰せない、という話も坂本から聞いた。真規はひとりで何度も舌打ちしながら、ロッカールームへ向かった。

〝グラスホッパー〟に着くと、陽子はもう来ていていちばん奥の席で頬づえをついていた。真規の姿を認めても、笑顔をつくるでもなければ手をあげるでもない。頬づえをついたままの姿勢で、近づいていく真規を眺めている。真規は腕時計に目を走らせた。十五分の遅刻だ。

「川野さん、時間どおりに来たことない」

真規が陽子の向かいに腰をおろすと、陽子は表情を動かすこともせずにそう言った。

「ごめん」

「怒ってないからいいよ」

時おり、真規自身、なぜ陽子と一緒にいるのかと不思議に思うことがある。ひとつ年下の陽子は、真規の苗字をさん付けで呼ぶ。付きあって半年経つのにまだ何もしていない。真規と付きあいの長い仲間たちはそれが異常だと言う。陽子の家が厳しいというわけではない。ふたりで遊んでいて遅くなって、終電に乗り遅れた陽子をタクシーで送っていったこともある。

ミホの家など門限七時というとんでもない家だが、そんなミホを相手にしているときですら、真規はすることだけはしっかり済ませた。

ただ、陽子と一緒にいると自分の幅が妙に広がってくるように思うことがある。確かに陽子は、同じ年齢《とし》の普通の女の子に比べるとちょっと変わっている。真規が陽子の前に付きあっていた何人かの女の子たちは、ものすごくタイミングを弁えていた。門限のある子は、その数時間前になると、あからさまに誘うことはしないでも何かしらきっかけを与えてくれた。陽子にはそういうところがない。それが真規には面白く思える。

陽子は外に出るのを極端に嫌がる。はじめて会ったパーティーにも、同じ学校の利加に無理矢理引っ張り出されたらしい。外で映画を観るくらいなら家でビデオを観ようと言う。酒は強いけれど、外で飲むのは好きではない。――あたしの家で飲もうよ、遅くなったら川野さん泊まっていけばいいじゃない、ウチのママは男の子泊まってもいいって言うよ、などと平気で言う。そんなことばも陽子の口から出ると真規にとっては「きっかけ」にならない。

「来週、試合だからさ。練習長びいちゃった」

「ふうん」

「最後の試合なんだ、陽子観に来るだろ」

「どこでやるの」

「ウチの学校の体育館」

陽子が途端にシブい顔をつくった。

「遠いなあ」

「来いよオ。バスケやってるとき俺カッコいいから」

陽子が曖昧な返事をする。

――ウチの学校のバスケ部で四番つけてる奴が誘ってンだぜ。

真規は口の中で呟く。

「――ねえ、こないだ誰かから聞いたんだけど」

陽子が思いついたように言った。

「何？」

「川野さんが三年に上がれたのは奇蹟だって……」

真規は嫌な顔をした。

「どうせ利加だろ」

「あたり」

「陽子の学校でそんなコトを言うのはアイツしかいない」

「来年は大丈夫なの」

「大丈夫って……」

「大学行けるの？」

「だって無試験だもん」

「へえ……。じゃあ三年も遊んでられるんだ」

「うん」

陽子が急に睨むような目で真規を見あげた。

「そうやって、ずっとこれからもどうにかなると思ってんでしょ」

真規は、はじめ陽子のことばの意味が判らなくて顔をしかめた。そうしてしばらく置いてから深く頷いた。

陽子は呆れて溜息をひとつついてから、少し笑った。

試合の日は朝六時に起きた。試合開始は午前十時半だ。少なくとも四時間は前に起きないと、筋肉が目を覚まさない。

お互いの大学が、どのスポーツにおいても伝統的にライバルといわれている、その付属高校同士の試合だから、体育館のギャラリーはほぼ満杯になっていた。真規は陽子の顔を捜してみた。人が多過ぎて、よくわからなかった。

試合開始のホイッスルが鳴ると、体育館の中は見えない糸が張られたように、一瞬静まりかえる。真規の中ではもう別の真規が生まれていて、ふッと身体が軽くなるように感じる。真規はこのときの感じがいちばん好きだ。

真規にとってバスケットボールは「目的」ではなく勝つための手段だった。勝つためだけにバスケットを続けてきたと言ってもいい。だから、高校時代最後の公式戦になるこの試合に負けてしまったら、バスケットを続けてきたこの数年間は真規の中で空白になる。そんなことがあってはならなかった。あるはずがなかった。

小さいころから、真規は負けることを知らずに育ってきた。自分の力でどうにかできないことはないと、思う前に信じていた。自分自身に納得できない自分は大嫌いだった。

接戦だった。ほとんど満杯のギャラリーからは、シュートが決まるごとに体育館が揺れるかと思うほどのどよめきが湧いた。シーソーゲームが続き、前半は相手チームの一点リードで終わった。

「プレスがうぜえな……」

ベンチに戻った真規は、タオルで身体を拭きながらそう呟いた。四番の真規には二人か三人のディフェンスが常にへばりついてプレスをかけ、なかなか速攻《ファストブレイク》ができない。

ベンチに腰かけていた坂本が真規を見あげた。坂本は両手を前に突き出すようなしぐさをして、真規に向かって頷いた。

味方チームの攻撃《オフェンス》のときに相手のディフェンスの体を押せば、プッシングでファウルを取られる。下手をするとインテンショナルファウルを取られかねない。真規はタオルで顔をかくすようにしながら、もう一度坂本を見た。坂本は妙にギラついた目で真規を見返してから、今度はまっすぐ前を向いてひとりで頷いた。

後半開始のホイッスルが鳴った。真規はまた身体がふわッと浮くような感覚を味わいながら、コートの方へ駆けていった。

勝たなくてはならないというより、勝つことしか頭になかった。後半戦もシーソーゲームが続き、二人か三人のディフェンスに囲まれながらも、真規は身長に物を言わせてゴール下からのシュートを何本か決めたが、ロングシュートは一本も打てなかった。

「ノータイム！」

ベンチから叫び声が聞こえた。残り時間はあと十五秒だ。

そのとき、相手チームのファウルがあって、味方チームがサイドスローを得た。真規はとっさにレフェリーを見た。ふたりのレフェリーは両方、ゴール下を向いていた。今しかない。

勝つことしか考えていなかった。真規はサイドライン前でボールを持っている味方に目くばせして、目の前で自分を阻んでいるディフェンスの背中を思いきり突き飛ばした。ディフェンスは前のめりによろけ、真規はやっと開けた前方に駆け出した。ボールがするりと手の内に入ってきた。真規はその位置からシュートした。一瞬、何も見えず何も聞こえなかった。

ホイッスルともの凄い歓声が同時に響いた。真規の三点シュートがきまっていた。真規は横目でベンチの坂本を見た。坂本はニヤリと笑って右手の親指を立てて見せた。真規は満足げに頷いて、勝利の感覚に酔った。

その夜はバスケ部の連中と一晩中飲み歩いた。最後に真規と坂本のふたりが残って、どちらが言い出したということもなく青山の〝J・J's〟に流れ着いた。

足もとも覚束ないふたりを見て、マスターが驚いた顔をした。

「どうしたのオ」

「勝ったんだよ」

ふたりで声を合わせるように答えると、マスターは「へェ、おめでとう」と、大しておめでたくもないような調子で言い、すぐにもとの席に戻った。ケイスが来ていた。マスターはケイスの横にぴったりくっつくように坐り、耳もとで何か囁いている。

真規と坂本は笑いを嚙み殺してカウンターに並んで腰かけた。どういう素姓か詳しくは知らないが、ドイツ人だかフランス人だかの美青年ケイスは、ホモのマスターにえらく気に入られている。

「ケイス近ごろ顔色が悪いな」

「ウン、それに痩せた」

坂本がクックッとくぐもった笑いをして、さらに小声になって言った。

「もうやられちゃったのかな」

「知らない、知りたくもない」

真規のことばにふたりは同時に笑った。

「そんなこと言ってる奴がアブナかったりするんだよな」

真規も坂本も、〝J・J's〟で酔いつぶれてマスターのマンションに泊まらせてもらったのは、二度や三度ではない。

「俺は貞操守ってるよ」

坂本が尻を叩いて言った。そうしてから急に真顔になった。

「でも一度だけヤバかったことあンだよ」

真規は身を乗り出した。

「なんだよ、その話は俺聞いてないぜ」

「二ケ月くらい前かなア、マスターん家《ち》で、あのダブルベッドに寝たんだよ。だって、まさかゴーカンされるとは思わないじゃん。お前だって泊まるときはマスターと一緒のベッドだろ」

「うん、それで？」

「したらさア、俺ウトウトしてたンだけど。伸びてきたワケよ、手が」

「ウソ!?」

「マジマジ。それでさ、もう俺、身の毛がヨダったぜえ。寝てるフリしてさ、ゴーッと寝返って、もうベッドのいちばん端っこまでゴロゴロ逃げてったンだよ」

「そしたら？」

「あきらめてやめた」

真規は大笑いした。

「あンときだけは、マスターよりかはスーザンのほうがマシだと思ったもん、俺」

「そりゃそうだろうよオ」

真規が笑いながら言うと、坂本は今度も真面目な顔で言った。

「でもヤだよ。俺ホモはヤだけど、ブスとデブもヤだもん」

「血だらけになっちゃうし？」

「そうそう」

「食っちゃえばいいのに」

「お前ヒトのコト言えるかよ」

真規は何のことかという顔で坂本を見返した。坂本は目に笑いを含ませて言った。

「笠井、まだ食ってないって？」

「陽子？」

真規は溜息をついて、しばらく陽子のことを考えた。

「あいつは……、違うんだ。陽子は特別なんだ」

「ああそー」

坂本は白けたように天井を向いて、ワイルドターキーのストレートをがぶりと飲み干した。——何が特別なんだか。小さく呟いた坂本の声も、真規には聞こえなかった。

〝J・J's〟を出ると、なまあたたかい夜風が酔った体にねばりついた。十二時をとっくに廻っていた。ふたりでふらふらと歩きまわり、気が付くと渋谷の駅前に出ていた。

「おー、気持ち悪イ」

「吐くなよ、吐いたら知らんぷりして帰るからな」

お互いにそんなことを言い合いながら、こんな時間まで人の多い駅前の広場をふらついていた。

「おッ、川野。プールがあるぜ」

坂本の声に真規が振り返ると、坂本はハチ公の前の噴水の柵に身をもたせかけて真規を手招きしていた。

「お前ほんとに酔っぱらってンな」

そう言いながら真規が近づいたとき、坂本の目はいたずらな子どものように光っていた。目は酔っていなかった。

——コイツ、酔ってない。

そう思った瞬間、坂本が真規の腕を強くつかんで、もの凄い力で真規を引っ張った。ドボンと音がして、周囲の人びとがふたりを驚いた顔で振り返った。

「つッめてーッ」

坂本は大声で叫んで、黒い水面にしぶきをあげてはしゃいだ。真規は噴水を頭から浴びながら、噴水のまわりを取り囲むようにしている人びとを眺めた。背広姿のサラリーマン、水商売ふうの若い女、さまざまな人びとがポカリと口を開けて真規たちを見つめていた。

噴水のむこうのそんな人びとが、真規にはバカのように見えた。真夜中突如としてあらわれた都会のスウィマーはにやりとすると、見物人たちに向かって、右手の親指を立てて見せた。坂本はそれを真似て、笑いながら中指を立てた。

夜の街のきらびやかな灯が、ぬめぬめと粘るように光る黒い水面に、映っては揺れていた。


「ヤマシタ潰すぞ。明日、川野も来いよ」

仲村から電話があったのは翌週の週末だった。

「滝井から聞いてンだろ」

「うん」

仲村は、試合をした相手校のアメフト部にいる。同い年だが、留年したので今は二年だ。

「俺たち切れちゃってっから明日は徹底的にやる」

これはもう、ヤマシタは絶対に助からないだろうと思いながら、真規は「わかった」と答えた。

「お前、先週の試合スゴかったんだって？」

仲村が口調を変えて言った。真規は笑いながら答えた。

「話題になってんの」

「なってるよ。川野は汚ないってさ」

「もう引退だもん。全然カンケイねえよ」

「カンケイないけどさ、俺も」

仲村はヒヒッと変な声を洩らして続けた。

「ウチのバスケ部の奴らがかなり来てるからな。心配してンだよ、川野のトモダチだからさ……」

「ヤバイ奴いねえもん、お前ンとこのバスケ部――」

「まあな」

「そうでなくちゃあんなことしねえよ」

仲村はまた低く笑った。

「笠井食った？」

「うるせえな」

「ハハ。じゃ、明日来いよな」

「わかったよ」

翌日、真規は仲村の言った店に少し遅れて行った。もうみんな集まっていて、ヤマシタが真ん中に近い席で煙草をふかしていた。飲みはじめてしばらくして、みんなが集中的にヤマシタに飲ませはじめた。誰かが目薬を持って来ていて、ヤマシタのコップに一滴ずつ混ぜていた。

ヤマシタの目に「ヤバイ」という色が浮かぶのに、そう時間はかからなかった。けれどそうなったときはもう遅く、呂律も怪しくなったヤマシタを、両側から滝井と仲村が抱えこんでいた。

「ヤマシタちゃあん、財布どこ？　お財布」

滝井がわざと高い声を出して訊く。ヤマシタは必死に首を振っていたが、やがてあきらめたようにうなだれ、椅子の上に脱ぎ捨ててあったジャンパーを指さした。

坂本と仲村の後輩がジャンパーのポケットを探った。出てきた財布の中を覗いて、坂本が笑いながら言った。

「コイツすげえ金持ってンの」

ヤマシタの財布には七万とちょっと入っていた。坂本はウェイターを呼んで伝票をチェックさせた。七、八人が飲み食いして七万ほどの合計だった。ヤマシタの財布は空になった。

「さ、行こうか」

仲村が言い、みんなゾロゾロと立ちあがった。ヤマシタの口もとが歪んでいる。

「コイツ吐くぜ」

真規の声に、ヤマシタを両側から支えていた坂本ともうひとりの後輩が、驚いてヤマシタを覗きこんだ。

「やばいぜ、ヤマシタ、我慢しろよ」

坂本が可笑しくて仕方がないという感じで叫ぶように言い、ふたりがかりでヤマシタを店の外へ連れ出した。

真規が仲村たちと外へ出ると、ヤマシタは道路に坐りこんでいて、虚ろな目で真規を見あげた。服に嘔吐物がこびりついている。

「キタネエ」

仲村が笑い飛ばした。あたり一帯が臭っている。

「どうする、ここに置いとく?」

坂本が誰にともなく訊ねると、仲村がはっきり首を振った。

「まだまだ」

「どうすンだよ、俺もうコイツに触ンの嫌だよ、汚ねえもん」

「引きずってこうぜ」

仲村が後輩に指図し、後輩のひとりが嫌々ながらヤマシタの足をつかんだ。

「ほら、行くぞ」

何を言っても答えないヤマシタに呼びかけて、文字どおりヤマシタを引きずりながらみんな歩き出した。地下鉄の駅に近づいていくあいだ、ヤマシタが一度だけ呻いた。

「いてえよう」

「我慢我慢、男はガマン」

ヤマシタとは同学年にあたる仲村の後輩が、笑いながらそう言った。

「お前らツメテエな、コイツとタメだろ」

真規が言うと、後輩たちは一様に低く笑った。

地下鉄の駅に着いた。ヤマシタは改札に続く階段口に放り出された。まだ意識不明のままでいる。

「バイバイ」

仲村がそう言って、アディダスの爪先でヤマシタを蹴った。ヤマシタは叫び声ひとつあげずに、尿の臭いのする下り階段を転げ落ちて行った。階段のどんづまりにある売店のすでに閉められたシャッターに、ヤマシタの身体が勢いよくぶつかってガシャーンと大きな音が響いた。ヤマシタの顔は鼻血でべとべとになっている。

はるか下に見えるヤマシタの姿を見て、真規たちは大声で笑った。仲村がガードレールの上に立ち、狂ったように手を振り回した。そんなに飲んでいないはずなのに、真規は自分がひどく酔っているように感じていた。ついこの前に、これに似た思いをしたと思った。

——ああ、そうか。三点シュートが決まったときだな。

そう気付いて、真規はさらに酔っていった。興奮と酔いで火照った肌に、少し冷たい初夏の夜風が心地良かった。酒に酔っているのでも勝利感に酔っているのでもなく、自分自身に酔っているのだと、真規は気付いていなかった。気付く必要も、ないのかも知れなかった。

「川野」

呼ばれて真規は振りむいた。遊び疲れた子どものような、あるいは飲みすぎた老人のような目をした仲間たちが、ふらふらしながらそれでも喚くような声で言った。

「飲み直そうぜ、〝パラ〟に行く?」

真規は空を見あげた。都会の空は夜だって明るい。ちぎれて油絵の抽象画のような模様を形づくっている雲が、暗い灰色に見える夜の空に流れている。

明日は昼から陽子との約束があった。薄汚れた夜空を綺麗だと思った真規は、けれど歯を見せて笑いながら言った。

「行こうぜ」

翌日、真規は約束の時間に三十分遅れた。〝グラスホッパー〟では、陽子がいつものように頬づえをついて待っていた。ガラス張りの壁のむこうに陽子の姿を見つけ、真規は片手拝みをしながら入口の扉に近づいていった。陽子の隣りに利加が坐っていることが判ったのは、店に入ったあとだった。

内心、ちょっと面白くなく思いながらも、真規は利加にも手をあげて「久しぶり」と言った。

「コンニチワ、お邪魔してシツレイ」

利加はわざとそんなふうに言う。

「別に邪魔じゃないけどさ、どうしたの」

利加の代わりに陽子が答えた。

「あたしがポツネンとここで待ってたらさ、利加が偶然外を通ったの。それであたしが呼んだの」

「ふうん」

判らない、と真規は思う。こんなとき真規は、この女は一体何を考えているのだろうなどと結構真剣に考えてしまう。

陽子と同じ学校の利加は、仲村に気がある。これもスーザンの坂本と並んで、仲間うちでは有名な話である。利加にしてみれば、休日に街をぶらぶらしていて陽子に会ったのはラッキーだったはずだ。真規に会って仲村を呼ばせようと思っているに違いない。

——偶然会ったっていうのも眉唾だな。

しばらくして、やはり利加が真規に、仲村に電話をしてほしいと言ってきた。昨夜の飲み方を考えれば仲村はまだ寝ているに違いなかったが、陽子と三人でいるのも煩しかったので、真規は店の中のピンク電話に十円玉を落とした。

仲村はやはり寝ていた。

「何なんだよ、朝っぱらから」

「もう二時だよ」

「お前よく起きてンなあ、何してンだよ」

「陽子といる」

「……勝手にしろよオ」

「利加もいるンだよ」

「それで？」

駄目だろうな、と真規は思った。仲村は利加を、というより女があまり好きではない。硬派だというのではなくて、女を人間として扱わないというところがある。

「利加が仲村に会いたいってよ」

しばらく沈黙があった。

「行くわ、どこ？」

真規は少なからず驚いた。来ると言うとは思わなかった。

「グラスホッパー。珍しいな」

「おう、ちょっとさ……」

「え？」

「溜ってンだよ」

仲村はそう言って電話を切った。

三十分もしないうちに、仲村はやって来た。ヘインズのTシャツに破れたジーンズをはいている。にこにこしながら真規たちの方へ近づいて来る仲村を見て、真規はなんとなく小さい溜息をついた。如才がないというのはこういうことをいうのだろうと思う。

「コンチワア」

笑いながらそう言って、仲村は真規の隣りに坐った。後ろのポケットから箱のつぶれたラッキーストライクを取り出す。

「笠井サンと喋るのはじめてなんだよ、俺。緊張しちゃうよ」

「あれ、そうなの」

利加が意外そうな顔で言った。

「うん、試合とかで顔は見たことあるけどね」

陽子はうすく笑って小さく頭を下げた。仲村もつられたように頭を下げ、その動作が自分で可笑しかったらしくてククッと笑った。

「久しぶりですね」

利加がすくいあげるように仲村を見ながら言う。仲村はぞんざいな感じで頷いて、下らない噂話をはじめる。

「Sのコタロー知ってるっけ？」

「ああ、あの背の低いヒト」

「アイツ、お前らン学校《とこ》のシノザキと付きあってンだろ」

「そうそう、あのお水カップルだよ」

Sのコタローは新宿のホストクラブでバイトしているし、陽子たちの一学年上にいるシノザキという女は、かなりアブナい店でウエイトレスをしている。コタローもシノザキも仲間うちではないが、誰かの友だちの友だち、という感じでわりとみんな知っている。

「そのコタローがさ、バイト先のホストクラブでさ、すげー金持ちのババアに気に入られちゃったんだってよ」

「ええ？　あんなチンチクリンなのに？」

真規が意外に思ってそう言うと、仲村は薄笑いを浮かべながら答えた。

「チンチクリンじゃないトコがあったんだろ」

利加がくすくすと笑った。

「そんでさア、何でも欲しいモノがあったら言えって言われたんだって」

「へえ」

「で、コタローふざけてさ、冗談っぽくアルファロメオなんかいいすねって言ったんだって」

「すげえコト言うなあ」

「したらさあ、次の日店の前にアルファロメオが横づけされててよ、ババアがコタローに鍵渡したってよ」

「ウソッ」

三人が同時に言った。

「そんで、コタローさん車もらっちゃったの？」

利加が真顔で訊ねると、仲村は深く頷いた。

「すげえな……」

真規も思わず溜息まじりに言った。

「俺もホストやろうかな」

「だろ？　そう思うだろ？　俺もその話聞いてマジで考えたもん」

女ふたりが、かなり真面目な真規と仲村のことばに笑いころげた。

「川野さんならナンバーワンになれるよ」

陽子はまだ笑いながらそう言った。真規はわざと眉を動かして「そうオ？」と言ってみせた。

「そう言えばね、シノザキ同棲するって言ってるよ」

利加がシノザキを呼び捨てにして言う。

「お前ね、一応後輩だろ。さんくらいつけろよ」

「いいの、直接は知らないもん」

「直接知らないのに、なんで同棲するなんて知ってンだよ」

「だって有名だよ、この話。ねえ？」

利加が陽子に向かってそう言うと、陽子も頷いて笑った。

「横浜の丘の上のマンションにね、ネコ飼って同棲するんだって」

「コタローと？」

「うん」

真規と仲村は顔を見合わせた。「純愛だねえ」と仲村が頷きながら言うと、利加も陽子も吹き出した。

「だからシノザキ学校中にバカにされてる」

利加の話を聞きながら、真規はふと窓の外を見た。昏れかけた街を人びとが行きかう。この中でどれだけの人間が、油のような水面の上に突出しているのだろうと、真規はいつも考えることをまた思った。

都会《まち》の上空には油のような膜が張っている。その油膜は飽和していて、下にいる人間は息を吸うのさえ辛い。飽和した膜を突き破って上に出ることができれば、呼吸《いき》も楽になるはずだ——。

「川野」

仲村の声で、ふと我に返った。

「何ボーッとしてンだよ」

「いや、別に……」

「俺たちもう行くけど、川野たちはどうする?」

「行くって?」

「俺ン家《ち》。お前らも来る?」

仲村は真規にだけ判るように目くばせしながら、そう訊ねた。真規も、仲村にだけ判るように口唇の端を歪めて笑い、首を振った。

仲村は利加と連れ立って、〃グラスホッパー〃を出て行った。仲村の白いTシャツの後ろ姿が、暗くなった街の雑踏のむこうに溶けて消えると、陽子は横に向けた顔を手の甲で支えながら小さく溜息をついた。

「どうしたの」

「別にイ……」

陽子はそのままの姿勢で、目だけを真規のほうに向けた。

「言ったら怒られるかな」

「何？」

「……あたし、あのヒト苦手」

「仲村？」

答えるかわりに頷いて、陽子はもう一度溜息をつく。そんな陽子の横顔を見ながら、真規は、陽子に「苦手ではないヒト」なんていないのではないかと思う。

どちらからともなく店を出て、陽子がもう外を歩くのはイヤだと言うのでいつものように陽子の家へ向かった。陽子の家は等々力の目黒通り沿いにあって、〝グラスホッパー〟からだと歩いても行ける。ぶらぶら連れ立って歩きながら陽子の家に着くと、いつもにこやかな陽子の母親が出て来て早口でいろんなことをまくしたてながら真規を迎えてくれた。そんな母親を制して、陽子が真規を二階のほうへ促す。

陽子の部屋の壁面いっぱいにピンで押されている何十枚という写真を眺めながら、真規はクッションの上に勢いよく坐った。写真の中には陽子の小さいころのものもあったが、ほとんどは風景や動物のものである。

「最近の陽子のはないの？」

「うん。最近のあたしはキライだから」

「なんで？」

「判ンない」

「ワカンナイってことはないだろ」

陽子は困った顔になって、下唇を突き出すようにしてしばらく考えこんだ。

「……たぶん、最近のあたしは不細工だから」

陽子の答に、真規は思わずぷッと吹き出した。

「昔の陽子は不細工じゃなかったんだ」

真規がそう言うと、陽子は今度はほんとうに泣き出しそうな顔をして真規を見た。

「どうせ不細工だもん。川野さんもそう思ってるんでしょ」

「不細工じゃない、不細工じゃない」

真規は小さな子どもをあやすように言って、陽子の肩を引き寄せた。

「嘘だね、ゼッタイそう思ってるんだから」

陽子は続けてそう言い、真規の腕を振り払おうとしたが、強い力ではなかった。真規は、陽子は自分のしなやかな腕や赤く薄い小さな口唇をどう思っているのだろうと考えながら、もっと強く陽子を抱きしめた。陽子の髪は、南国の木の実のような匂いがした。甘い香りに顔をうずめながら、真規はまた陽子の新しい魅力を発見したような気がしている。心臓の内側を何か小さな粒子が駆けまわる。こそばゆさに肩をすくめた真規の腕の中に、小柄な陽子はすっぽりおさまってしまっている。

「川野さんは……」

真規の腕の中で、陽子がくぐもった声で言った。

「俺は――？」

「川野さんは、コワイよ」

「どうして」

「ワカンナイ」

「何でコワイんだよ」

「ワカンナイってば……、でも……」

「でも、何？」

陽子が身体を傾けて真規のほうに顔を向けた。すぐ近くにある陽子の瞳が普段よりさらに大きく見えて、真規は少なからずドギマギした。見つめ合って数秒後、真規が口を開くより先に陽子が低く言った。

「川野さん、ズルしたでしょ」

真規は驚いて、陽子の肩を両手でつかんだまま引き離した。

「お前、試合来てたの？」

陽子は無言で真規を睨みつけたまま頷く。

「そんなこと、ひと言も言わなかったじゃない」

やりきれなく思いながらも真規がそう言うと、陽子は顔だけを横に向けて口唇をとがらせた。あれくらいのことで陽子が怒るとも思われなかったが、陽子は黙ったまま横顔だけを真規に見せている。

「あれで……、怒ってンの」

真規のことばに陽子は首を振って答えた。

「怒りはしないけど、でも——。何て言ったらいいか判ンないけど」

「またワカンナイか」

陽子は少しムッとしたような顔で真規を見あげた。

「だからあ、そういうとこがコワイの」

陽子のそのことばに、真規はちょっと傷ついた。

いつだって、陽子の考えは判らない。けれど真規はそれ以上追及することをせずに、陽子の顔をただ見つめた。

暗くなったあと、さまざまな店から洩れる光やネオンの灯りがアスファルトを日光よりも明るく照らし出す街を嫌うことや、試合での真規の行為を怖いと感じることが、陽子の中でどんなつながりを持っているのかと真規は考える。

見つめられた陽子は目を伏せて、額を真規の胸にあてた。陽子の肩のむこうに見える置時計が、九時二十分を示している。朝起きてから、今日はろくに何も食べていないということに気付くと、真規は急に空腹を感じた。

くっくっと笑いながら陽子が顔をあげた。

「今、川野さんのお腹が鳴った」

「うん、腹へったな」

「ピザとる?」

「ああ、アンチョビとトマトのな」

授業が終わって帰ろうとしていると、後ろから肩をつかまれた。驚いて振り向くと坂本が立っていた。

「今日だってよ、滝井たち。川野行く?」

「どこだっけ」

「〝G〟」

「お前は行くの」

「滝井がさ、来てくださいって」

「明日一限体育なんだよな」

「いいじゃん、行こうよ」

「仕方ねえな……」

「制服持って来いよ、マスターんとこに泊まろうぜ」

四時に表参道で待ち合わせをした。着替えて店に入ると、暗いフロアの壁際に女の子たちがへばりつくようにして立っていた。いちばん奥の席に仲村たちが坐っていて、真規と坂本の姿をみとめると大声で呼んだ。仲村の隣りにミホとスーザンがいる。坂本が小声で「げェ」と言った。

席につくと、スーザンは当然のような顔で坂本の傍に来た。坂本は無表情を装って、黙って煙草に火を点けた。

真規も笑いを嚙み殺してショートホープを取り出した。

「すげえ面白い話」

仲村がニヤニヤしながら話し出した。

「何」

「ヤマシタ、あれからどうなったと思う」

真規も身を乗り出した。

「どうしたんだよ」

「救急車で運ばれちゃったって」

「ホント。急性アルコール中毒って奴。そんでさあ、お前、急性アルコール中毒の処置、の仕方知ってる？」

「知らない」

仲村は下を向いて低く笑った。

「——アソコの先っぽに管つっこんでさ、アルコール抜くんだってよ」

「マジかよ」

仲村は笑いながら頷いた。

「すげえ痛そうでしょ」

「……もう、飲み会誘っても来ねえだろうなあ」

「そりゃそうだろう」

「カワイソー」

「カワイソーって、お前は誰のせいだと思ってンだよ」

「俺のせいじゃないぜ」

「じゃ、俺のせいか」

「そうでしょ、やっぱ」

ヒクヒクとまだ喉を震わせながら、仲村はソファに身を沈めた。

「ま、何でもいいや」

派手な格好をした滝井が近づいて来た。真規や坂本に目で挨拶したあと、滝井は仲村の耳もとで何か囁いた。

滝井が去ると、仲村は坂本と真規を呼んでトイレのそばのロッカーのところまで連れて行った。

「ここの浮いてる分から俺たちに九万だって、滝井が」

「ちょうど割り切れンじゃん。三人で三万ずつな」

「三万？　ふざけんなよなあ」

「仕方ねえだろ、あんまし人が集まンなかったみたいだし」

「ま、いいか。坐ってるだけで三万だもん」

席に戻ると、ミホが待っていたように真規の隣りに来た。黒いスカートからすんなりと伸びた脚を組んで、金茶色の長い髪をかきあげるしぐさを見ると、やはりちょっと勿体ない落としものをしたような気になってくる。

ミホは、そんな真規の心の内を見透かしたような目をする。カワイイ子は扱いにくいと言ったのは、確か仲村だった。

「どうしてる」

真規はぶっきらぼうに言った。「まあまあ」と答えたミホは、横目でちらりと真規の方を見てから続けた。

「あのときのコと付きあってるんだって？」

真規は煙草の煙を吐き出しながら頷いた。

「いいの？」

「え？」

「あたしより」

どう答えようかと思案しているうちに、ミホはよく透る高い声で笑った。

「そんなイジワルなこと訊かない」

「すごい自信じゃない」

「いけない？」

向き直って真規の顔を見つめたミホの瞳は、妙にキラキラしていた。真規はどきりとして、思わず顔をそらした。ミホはまた笑って立ちあがり、フロアの人の渦に呑みこまれていった。ミホは高校を卒業したら、アメリカの短大に行くはずだ。遠ざかるミホの長い脚を見送りながら、真規は、ミホはいち早く今夜も夜空の上を覆っているのであろうあの油膜とは、全然関係のないところへ行ってしまうのだろうと、ぼんやり考えていた。

自分たちが何かのカタチを創れるような余裕は、もうありはしなくて、だからこそ都《ま》会《ち》の上空は飽和しているのだろう。いろんなことはもうやり尽くされていて、自分にできることは、すでにあるカタチに自分をはめ合わせていくことだけだ。それは何かを創造するよりもずっと難しいことのように思える。仲間たちは一分のズレさえも許してはくれない。既成の物差しをあててみれば、いいか悪いかの判断を下すのは簡単だ。いいか悪いか、そのどちらかしかなくて、いつだって崖っぷちを歩いているような気がする。

ふと横を見ると、鏡を貼りめぐらせた壁面に自分の顔が映った。暗い鏡の中で煙草をくわえている横顔は、わりと渋くキマっていて、真規はなんとなく気が楽になった。

パーティーが終わると滝井が真規たちを二次会に誘いに来たが、真規たちは金を受け取って断わった。仲村は別の用事があると言って早々と帰り、真規と坂本はその辺をぶらぶらしたあと〝J・J's〟まで歩いた。

いつものようにカウンターに並んで坐ると、奥のほうからカズキが出て来た。

「マスターは?」

「買いもの」

ことば少なに答えると、カズキは黙ってワイルドターキーのボトルを取り出した。たまに〝J・J's〟を手伝っているカズキは年齢不詳だ。マスターの息子だという噂もあるが真偽のほどは定かでない。ほとんど喋らないので陰気な感じがするが、真規はわりとカズキを気に入っている。

「参っちったよ」

坂本がうんざりしたという調子で、溜息まじりに言った。

「何が」

「スーザン」

真規はクッと笑って坂本を見た。真規がミホと喋っているあいだ、スーザンはずっと坂本につきっきりだったのだ。

「ハナシがはずんでたみたいだったけど」

「ふざけんなよ」

「何だって？」

「夏休みにさ、俺たちが大磯の別荘に遊びに行くって、俺がちらっと言っちゃったんだよ」

「行きたいって？　スーちゃんも」

坂本は情ない顔になって頷いた。

「話した俺がバカだった」

真規は天井を向いて笑った。

「ミーも行きたあい。ミー絶対行きたいの、だって」

「連れてってやれば？」

「それがさ、すげえんだ」

「何？」

「アイツの親父のベンツ、運転手付きで貸してくれるって」

「ウソ⁉　ラッキーじゃん」

「うん……。だから俺、つい頷いてしまった……」

「ベンツにつられたか」

「うん」

マスターが戻って来た。カウンター席に坐っている真規と坂本を見ると、おッ、という感じで頷いた。マスターはそのまま、カウンターの中にいたカズキの背中を押すようにして奥に入って行った。マスターに肩を抱かれるようにされて何か言われている、カズキのピンクのTシャツの後ろ姿が小刻みに震えている。笑っているようだった。

――カズキでも笑うことがあるんだな。

親子なのかどうかは誰も知らないが、まだどこか顔にあどけなさを残した細い身体のカズキと、お世辞にもいい男とは言えない熊のようなマスターが並んで立つと、妙にアンバランスでいて不思議に違和感がない。

「美男と野獣」

坂本が耳もとで呟いたので真規はクスッと笑った。

閉店まで〝J・J's〟で飲んで、それからタクシーで二の橋にあるマスターのマンションへ行った。

広くはないがいつも小綺麗にされているマスターの部屋は、誰が掃除しているんだろうと、真規はいつも不思議に思う。わりと酔っていた坂本は、着くなり床のカーペットの上で横になって寝入ってしまい、寝つかれずにいた真規は遅くまでマスターと話しこんだ。

「川野ちゃん、ハマってるんだって？」

マスターが言った。

「ハマってるって、女に？」

「そう」

「誰から聞いたの」

「こないだKのハセたちが来てさ」

「ハセが言ってた？」

「誰が言ってたかは忘れちゃったよ」

真規は溜息をついた。ハマってるという言い方は気に入らないけれど、すっかり否定することはやはりできない。

「別にハマってるってワケじゃないけど……」

マスターはにやにやしながら煙草をくわえた。マスターのエジプト煙草は、火を点ける前から甘い匂いがする。煙草をくわえたマスターは、胸ポケットを探ったあと、首を傾げながら立ちあがってキッチンの方へ行った。

「ハマらせようとして躍起《やっき》になるよりいいじゃない」

マスターがキッチンから大声で言った。ガスコンロを点火するカチリという音が聞こえた。キッチンの前で上体をかがめて、マスターはコンロで煙草に火を点ける。

「どういう意味」

真規も大きい声で、キッチンのマスターに向かって訊いた。

「だからさ……」

マスターはそう言いながら戻って来た。手にグラスをふたつ持っている。

「よくいるじゃない。自分がハマるより先に相手をハマらせようとして、一生懸命になっちゃう奴。――女に関しての話だよ」

「ああ……」

「ああいうのは、みっともよくないぜ。自分でハマっちゃうほうがまだいいよ」

真規の向かいに胡坐をかいたマスターは、ウイスキーのグラスをひとつ、真規のほうへよこした。真規はマスターのくれたグラスを目の高さまで上げて、生温い液体をひと口流しこんだ。

「そうかな……」

溜息まじりに真規が言うと、マスターはくッと笑って真規の顔を見た。

「だいたい川野ちゃん、今幾つよ」

「十七。もうすぐ十八」

マスターはちょっと芝居がかったしぐさで目を大きくし、上を向いてふうん、と言った。

「そうだよなあ、そうだろうなあ」

キッチンのガスコンロで煙草に火を点けていたときのマスターの後ろ姿は、そういえば少し老けて見えたけれど、真規はマスターの年齢を知らない。

「若いんだよな」

呟くように言ったマスターの声が、妙に真規の耳の奥に残った。


アメフトのOB戦で仲村たちに会った。長身の真規はどこにいても目立って、大抵すぐに見つけられる。その日も、観客席のむこう側から仲村が大声を出して手を振った。

「おう、どうしてる」

挨拶のようにいつでも同じことばを交わすことに、何の不思議も持たず、お互いが人ごみをぞんざいにかき分けて近づいた。仲村の後ろに、何の為になのか妙なキバった格好をした利加がいることに気付いたのは随分近づいたあとだった。

「コンチワ」

とりあえず利加に向かってもそう言うと、仲村はあからさまに——とはいっても仲村の背後にいる利加には判らないようだったが——嫌な顔をした。

「お前ひとりで来てンの」

「いや、さっきまでみんないたけど、はぐれちまった」

真規がそう言うと、仲村は伸びあがるようにして真規の後方を見た。

「お、いたいた」

「誰が」

「北原」

仲村はそのまま真規の後ろに廻りこみ、また人ごみをかき分けて仲間のほうへ行ってしまった。利加は無表情に真規を見あげ、一瞬あきらめたような顔をしてうつむいた。

そうしてから、何か話の糸口を見つけようとしているように黙りこみ、やっとという感じで口を開いた。

「陽子は」

「アイツはこういうとこ好きじゃないから」

真規がそう答えると、ほとんど聞き取れぬような声で利加は「そう」と言い、大きく溜息をついた。馬鹿だな、あんた、と口に出しては言えないが、やはり真規は目の前にいるこの小さな女を馬鹿だと思った。

試合が終わって外へ出ると、会場ゲートのところで仲間たちが待っていた。OB戦にかこつけて、つるんで遊ぼうという気持ちはみんなにあったようで、真規が来たので立ちあがった仲間たちのひとりが当然のように「どこ行くの」と言った。利加はいつの間にか姿を消していた。

どうしようか、と言いながらぶらぶらと歩き出すと、真規と並んで歩く形になった仲村が溜息まじりの声を出した。

「どうにかしろよ、あれ」

「利加？」

不機嫌な顔で頷いた仲村は、「ふうざけんな」と「たまンねえんだよ」を連発して地面を足で蹴った。

「毎晩だぜ、毎晩電話かかってくンだぜ」

「へえ」

「あれは想像を絶するよ。そんで必ず泣き出すんだ、最後には」

「……うわあ」

「だろ？　うわあって感じだろ」

「わかるけどなあ。でもお前のまいたタネじゃない」

仲村はムッとして黙り、足を早めて前へ進んだ。

夕方になってから結局飲みに行ったが、真規は早目に席を立った。いつものような下らない噂話に、調子を合わせて笑ったり頷いたりしているうちに、矢も楯もたまらなく陽子の顔を見たくなったからだった。

駅から電話をかけた。「川野ですけど」と真規が言う前に、声の主を察したらしい陽子が「あたし」と言った。その声を聞いた途端、真規は陽子は今日はウツ日だな、と思った。

付きあいはじめてからまだそんなに長くはないけれど、それでも真規は何回か陽子の「ウツ日」を知っている。ウツ日だと陽子が自分で言うわけではないが、真規は陽子の調子のよくない日を、勝手にウツ日と名付けたのだ。言えば不機嫌になるに違いないから、陽子に直接そのことを告げたことはない。

陽子の家を訪れると、やはり陽子は浮かない顔で、ほとんど無言で真規を迎えた。部屋に入ると、陽子は何の前置きもなしにいきなり言った。

「何度も電話したのに」

真規は少し驚いた顔で陽子を見返した。やっと陽子のことばの意味を理解して、ちょっと呆然としたまま「ゴメン」と言った。

「今日、仲村たちン学校《とこ》とアメフトのOB戦だったんだよ。そんでそのあと、あいつらと少し飲んでて……」

「知らなかったもん」

「ごめん、行きたかった？」

けれど陽子は首を振り、うつむいて黙った。

「陽子は人ごみ嫌いだろ」

今度の問いには陽子は答えず、ふわりと顔をあげると子どもがイヤイヤをするようなしぐさをした。

「どうしたの」

「嫌ンなっちゃったんだもん、ひとりで部屋にいたら……。でも外へ出て行くのもヤだったの」

「――うん」

「外はコワイよ。川野さんと同じ」

「え？」

どういう意味だよ、と真規が問う前に、陽子の口から水があふれ出るようにたくさんのことばが飛び出した。

「判んない判んないって、いつだってそう言ってまぎらわしてるけど、ホントはあたし判ってるの、判ってるんだってば。ぜんぶベストじゃなきゃ、外を歩きたくなんてないよ。そうじゃなきゃ、コワイ思いするだけなんだもん」

「何。何言ってンだよ」

困惑して、真規はそんなことしか言えなかった。

「川野さんだってそうでしょ、自分がベストだって、そう思ってるでしょ。そう思ってなくったって、少なくともそういうふうに振る舞ってるじゃない。でもあたしはイヤ。自分がベストだって思えないのに、カッコだけでもそういうふうに装うなんてゼッタイにできない」

声は泣いているようなのに、陽子は涙ひとつ流さずに喚くように言った。陽子の瞳は、いつもよりずっと確実に輝いていた。

「思ってもないこと口に出して言えない。自信ないのにあるようなフリできない。ずっと思ってたの。でもそういうふうにしなくちゃ駄目になっちゃうわ」

陽子はひと息に言うと、肩を落として情ない顔になった。

「いいよ、別に……。ベストでなくったって——」

やっとの思いで真規が呟くように言うと、陽子はハッキリと首を振って「嘘」と言った。

「川野さんたちは、後ろ向きになって輪をつくってるみたい。ゼッタイに立入禁止。イヤになるよ」

「え?」

「輪の中で、ベストだってみんなで確かめあえるのは気持ちいいよ。でも、どうにかなるって思ってるって川野さんは言ったけど……、あたしはどうにかなるって思わない」

そんなことを言い出す陽子の気持ちが、真規には判らなかった。ただ、陽子もまた、上空に浮かぶあのねとついた油膜の下であえいでいるのだろうということだけは判った。あの飽和した膜を突き破るには、少なくとも突き破っていると思いこむには、陽子の言うように自分以外のものをすべて見下しているふうを装うしかない。そんな態度は不安さの裏がえしでしかないけれど、それでも悩んでばかりの日々よりはマシだ。

——イヤって言ったって……。他にどうしろっていうんだよ。

喉もとまで出かけたことばを真規はようやく呑みこんだ。油膜を突き破るのは無理だ。だからって、誰とでも友だちになろうだなんて、俺は死んだって思えない——。

真規はゆっくりと腰をあげた。

「今日は、帰る」

立ちあがると、不意についさっきの陽子のことばが耳の奥に響いた。——思ってもないこと口に出して言えない。

部屋のドアを開けて外に出る間際、真規はドアのノブをつかんだまま振り返った。陽子は石になったように、ベッドの端に腰かけたままの姿勢でいる。

「陽子」

陽子は振り向きもしなかった。

「俺を好き？」

陽子はやっと顔をあげて、真規の方を向いた。今度の顔は泣きそうだった。

陽子はほんの一瞬黙ったあと、絶望したように首を振った。

街をぶらつきながら夜中になるのを待って、坂本亮を呼び出した。このままでは帰りたくないと思ったからだ。

――飲みに行こうぜ、おごってやるよ。

真規のことばに、坂本はすぐ行く、と答えて電話を切った。

坂本が来るまでのあいだ、真規は店のガラス窓にもたれかかるようにして外を眺めていた。考えてはいけないと思うのに、頭の中に浮かんでくるのは陽子のことだった。陽子はいったい、何をどうすれば満足だったのだろう。そう考えたとき、随分前に陽子と話したことを思い出した。

――欲しいものひとつだけ言えって言われたら、何て言う？

――欲しいもの？

――そう、ほんとうに欲しいもの。

――何かな……わかンねえよ。陽子は何なんだよ。

――……ガソリン。

――ガソリン？

――そう。それと、頭痛薬。

――ガソリンと頭痛薬……？

――……それが、あたしがほんとうに欲しかったものが化けたもの。

いつかそんな会話があった。判りかけてきた陽子の気持ちの輪郭は、真規にとっては馬鹿馬鹿しく思えた。

バンダナを汚れたジーンズのポケットに押しこんだ坂本が、下の通りを駆けるようにやって来た。顔をあげて窓の中を探るような目をした坂本に、真規は軽く手をあげた。

「おうおう、どうした」

入ってくるなり、坂本は店中の人が振り返るような大声を出して真規のほうに近づいて来た。

「別にどうもしない」

無愛想に答えた真規の顔を、坂本はにやにやしながら覗きこむようにした。

「笠井食った？」

「——知らねえよ、あんな女」

坂本は少し表情を変えて真規の横顔を見つめた。

「どうしたんだよ」

「わかんねえんだ、俺も……」

坂本はしばらくそのまま真規の顔を見ていたが、やがて感情のこもっていないような声で話し出した。

「あいつ、凄かったってよ、ちょっと前まで」

「陽子？」

無言で頷いて坂本は続けた。

「去年くらいまで、かな。いっこ下のコージって知ってるだろ」

「コージ？　ああ、こないだまでミホにつきまとってた……」

「そう。笠井がさ、そのコージにすげえ惚れてたんだってよ」

「陽子が？」

「うん、そんでコージは笠井のことうざがってて」

「……そんな話聞いたことないぜ」

「だから多分、コージはお前が笠井と仲良くなったって知ってて、やっぱ後輩だからさ、お前にはそんなコト話すの遠慮してたんじゃない」

「ふざけんなよ……。だいたいどうして陽子がコージを知ってンだよ」

「だからあ、二年になるまではあの女すげえ遊んでたってよ」

「嘘だろ――」

真規の知っている陽子は、街を歩くことすら嫌がったのだ。

「それでさ……」

「まだあンのかよ」

「そんで、去年、コージの誕生日だっていうんで、木下や福尾なんかがセコいパーティー打ったじゃん」

「……」

「あのあとでさ、あんましうざいんで、コージ――」

「やっちゃったの」

坂本は無表情のまま頷いた。

「そのあとずっと、あの女がコージにもうくっついちゃって離れない、みたいな感じでさ」

「……」

「それでもずっとコージがあの女のこと無視してたらさ、やっぱ遊ばれたって判ったんだろうな。もう顔出さなくなったって……。いっこ下の中では有名らしいぜ」

身体の中の張りつめられた線が、ぷつんと切れた感じがした。陽子がさっき狂ったように取り乱してほとばしらせたことばの、裏に潜んでいた意味が、氷が溶けるように理解できた。そうしてそれと同時に、真規の中にあった——ついさっきまであった——陽子に対する気持ちの核の部分も、嘘のように溶けて消えた。

解けてしまった問題ほど馬鹿らしく思えるものはない。謎は解けないものだし、解けないから謎なのだ。真規の中で、陽子はもう謎ではなくなった。そうだ。もう走ることもない。最後の一キロを走っているときのような恍惚も味わわないまま、謎は解けてしまった。それだけのために走り続けてきたというのに。

「めげた?」

黙っている真規に向かって坂本がそう訊いた。

「めげたっていうより……」

「っていうより?」

「——ツマンなくなった」

坂本は少し笑い、大きな動作で真規の背中を叩いた。

真規たちはいつだって、ぎりぎりの崖っぷちを歩いているのだ。周りはすべて、自分たちの基準で悪いと決められたことで、いい状態を保つためには崖っぷちを歩いていくしかない。飽和している油膜の上に突出できないならば、せめてあえぐのはよして突出しているふりでもしよう。所詮油膜の上には、自分たちに残された隙間などないのだ。自分たちを素敵だと思えるように、思いこめるように、どうしようもなく自分勝手な排他性でもって輪をとじこめる。このままここに浸り続けていくことだって、そうたやすいわけではない。「考えないでいつづける」のにも能力はいる。けれどしばらく——。もうしばらくは。

エゴとスノッブにあふれた日々は、素敵にエキセントリックだと仲間たちは言う。少なくとも真規はそう思う。——思うしかない。崖っぷちの道は、不遜な少年たちに許された唯ひとつの生活なのだから。

坂本が勢いよく床を蹴った。

「場所変えようか」

「そうだな」

にやっと笑って、窓の外の昼よりも明るい街を眺めた真規の瞳は、インサイダーのそれだった。

十八の誕生日を迎える三日前に、仲間たちが集まった。真規の誕生日という名目で、またみんなで騒ごうというだけの話だったが、それでも女の子たちが花束をくれたりして結構盛りあがった。

「お前来年大学生か。カワイソウに」

留年《ダブ》った仲村と坂本がそんなふうに言った。

「負け惜しみ？」

笑いながら真規が言うと、仲村が、俺はワザと落としたんだと主張した。

「ワザと？」

「そう。だって俺が落としたの体育と微積だけだぜ」

「ふたつ落としてりゃ充分だよ」

「うるせえ。俺はもうちょっと高校生でいたかったんだ」

「ウソウソ。こいつ微積はテストの日休んで、体育はただ単に出席が足らなかったの」

みんなと一緒に爆笑しながら、真規はそれでも、もうちょっと高校生でいたかったと言った仲村の気持ちは少し判るような気がした。

利加も陽子も来ていなくて、みんながそれを当然として受けとめているふしがあった。仲村はどうやって利加のことを処理したのか真規は知らないし、知りたいとも思わなかった。陽子とはあれから話もしていない。久しぶりに、妙に自由な感じで騒いだような気がした。

店を出たのは真夜中近くで、外に出た途端にくらっと来た。女の子たちは帰ったが、残ったみんなが別のところへ行こうと誘った。真規はこれ以上飲めない気がして、俺はもう、と断わった。

「何だよ、シュヤクがいなくてどうすンだよ」

そんなことを大声で喚きながらも、結局飲んで騒げればどうでもいいらしく、連中は真規を残して真夜中の街の中へ消えていった。

ビルのエレベーターの陰に、何人かの男が立ってこちらを見ているのに気付いたのは、連中が行ってしまったあとだった。

どう考えても真規を見ているとしか思えないその男たちの視線に触れ、真規は知り合いかと思って目をこらした。どこかで見たことがある。――そう思ったのはその中のひとりがこちらに近づいて来たときだった。そいつの目は異様に光っていた。

――あ……。

それが誰なのか思い出した真規は、反射的にエレベーターに飛び乗って「閉」のボタンを押した。エレベーターの扉は、やけに時間をかけて閉じはじめた。

――早く閉まれ、早く！

拳骨で殴るように、ガンガンとボタンを押し続けた。が、完全に閉まる一秒前に、細い扉の隙に男の手がにゅっとさしこまれた。

――ダメだ……。

真規は目を閉じそうになった。さしこまれた手によって再び開かれたエレベーターの扉のむこうから、男たちがどっと押し寄せるように入ってきた。全部で五人いた。引退試合の相手校の、バスケ部の奴らだった。

体あたりでエレベーターの外に出ようとした真規の身体を、五人がかりで押し止められた。ボタンのパネルに伸びかけた真規の腕を、誰かの手ががっちりとつかんだ。真規はそのまま強く押され、エレベーターの密室の隅に倒された。

誰も喋る者はなかった。脇腹を誰かの爪先が蹴った。鈍痛が身体中に響き、真規は短い呻きを洩らした。両脇をかきあげられるようにして立たされ、こんどは拳で顔面を殴られた。力が抜けてきてもう抵抗するのは無理だと本能的に悟り、真規はうずくまって防禦の姿勢をとった。うずくまった真規を見下ろす形になった五人は、腹といわず頭といわず、猛烈な勢いで蹴りまくった。

エレベーターが最上階の十階に着くまでのほんの数分が、真規には二時間にも三時間にも感じられた。顔を血だらけにしてうずくまっている真規をエレベーターの中に残したまま、五人は十階で降りていった。真規は指一本動かさず、しばらくそのままの格好でいた。声を出すことができなかった。

奴らがもう一基のエレベーターで一階に着くころを見計らって、真規はのろくさと身を起こした。立ちあがったときに、身体じゅうの関節という関節がギシッと悲鳴をあげた。

閉ざされた扉に身体を預けるようにしてようやく均衡を保ち、真規は口の中に溜まっていた液体を吐き出した。エレベーターのリノリウムを貼った床に、小さな血の海ができた。鮮血の中に混じった白いものは、折れた前歯の欠片《かけら》だった。

「ふうざけんな……」

やっと声が出た。

エレベーターから降りて、鼻血のこびりついた顔のまま街を歩いた。ふらふらと行く真規を、すれ違う人びとが振り返って見た。歩く真規の両側に、鮮やかな色の街の灯りが傲然とそびえ立っていた。

――畜生。

殴られている最中から、真規の頭の中にはどんなふうに奴らに仕返しをしてやろうかということしかなかった。すぐ傍のハンバーガー屋のネオンに照らされながら、真規はその計画に熱中してさえいた。

街のまん中を貫いている広い道には、今夜も車がびっしり並んでいる。テイルランプがアスファルトを赤く染め、そのむこうに立ち並ぶビルは舗道を歩く人びとを傲慢に見下ろしていた。ビルのひとつのてっぺんに貼りつけられた巨大な電気時計の横で、証券会社のマスコットである緑色の鳥が、シルクハットを頭にのせて笑っている。真規は感情のない笑いを浮かべている帽子をかぶった鳥にむかって、右手の親指を立ててみせた。

頭の中に、どこかで聞いたピアノの旋律が流れていた。右手で弾いたメロディーを、左手が忠実に追いかけている。

けれどしばらく……。もうしばらくは。

緑色の鳥がどんどん近づいて、薄明るい夜空に浮かびあがった。小むずかしいことを考えている余裕は、今の真規にはない。走り続けたその先にあるものなんて、この際どうでもいいと思える。今はとにかく、どうやってあいつらを潰すかが第一の問題なのだ。

誰かアイダを探して

背後で花火をやっている。機関銃のような賑やかな音と若い女の嬌声が届く。

——真夜中というのに、元気なことだ。

僕は心の中で呟いて、音のするほうを見やった。黒い空に鮮やかなオレンジ色の光が昇り、空中で炸裂すると火花を散らす。僕の隣りで膝を抱えているアイダは、身体《からだ》を捩じまげて後《うしろ》を眺め、オレンジの閃光に溜息を洩らした。生あたたかい風が吹いてアイダの長い髪がやんわりと揺れると、硬い感じの顎の線が見える。僕のほうはそんな彼女の横顔に、思わず溜息をついてしまう。

——この階段、全部で何段くらいあるのかな。

僕はアイダの注意を花火から引き戻すために言った。足もとに続く広い石段を下りきったところは、石畳の広場になっている。広場の中にある芝生の植え込みには、背の高い樹々があって、水銀灯の灯りに照らされている。青白い光に照らされた樹々の葉は、たよりなげな薄い緑に透けて見えた。

──なんだか、日本じゃないみたい。

アイダは前に向き直ると、僕のバカげた質問には答えずにそう言った。石畳の広場のむこう、目の前に見下ろす駒沢通りは深夜のせいか車の数もまばらだけれど、どいつも凄いスピードで飛ばしてくる。赤いテイルランプが、尾を引くように瞼の裏に残像を刻む。通りのむこう岸にはネオンをつけたワゴン車が停まっていて、ピッツァやコーラを売っている。ワゴン車の脇にたてかけられた大きな星条旗と車の上のピンクのネオンが、ちょっとアメリカっぽい。真夜中の駒沢公園は、確かになんだか別世界のような感じがする。

──ねえ、あそこに行って、コーヒーかコーラを飲まない？

アイダがワゴン車を指さして言った。

──うん。

僕はそう答えてジーンズを両手で払い、立ちあがった。階段を降りはじめると、前を行くアイダの丈の短いTシャツから背中が見え隠れした。僕はぴょこりぴょこりと一段ずつ石段を降りるアイダに追いつくと、Tシャツを引っ張ってやった。

──丸見えだぞ。

──うん。

アイダは恥ずかしがるふうもなく、笑いながら答えた。僕はアイダのTシャツをそのまま派手にめくり上げた。キャッと叫んで身をかわすだろうと思ったのに、アイダはされるままになりながら屈託なく笑い続けて石段を跳ねるように降りていく。背中の白さにドキリとした僕は、なんだか不思議な気持ちになって、彼女に従うように一段ずつ石段を踏んだ。

アイダの本名を僕は知らない。はじめて会ったのは二週間前。僕は〝デポ〟というカフェで遊び友だちと待ち合わせていた。CJという渾名のその友だちよりも早く店に着いた僕は、窓際に席をとった。すると、目の前のカウンターで凄く美味しそうにビールを飲んでる子がいたのだ。僕は頬づえをつきながらなんとなくその子を眺め、CJが来るのを待っていたのだが、約束に五分遅れてやって来たCJは、僕を見つけるよりも早く彼女に声をかけたのだ。

「アイダじゃない」

呼ばれて彼女は顔をあげ、CJを見るとにこりと笑った。CJは彼女の隣りに立ったまま、しばらく何か喋っていたが、彼女がCJにポツリと言ったことばが、どういうわけか僕のところまで届いた。――近ごろ何やっててもツマンないの、どうにかならないものかしら。

彼女と別れて僕のところへやって来たCJに、僕はまず訊いた。

「知ってる子なの？」

「うん、去年まではよく見かけたな。〝P〟でよく遊んでたよ」

「なんて名前？」

「――アイダ」

「アイダ？　本名かよ」

「知らない。でもみんなそう呼んでるよ」

アイダという奇妙な渾名の響きと、何やっててもツマンないという彼女のことばは、僕をおかしな力で惹きつけた。

それから二、三日して、僕はやはり〝デポ〟で彼女を見つけた。というよりは、僕がそれから〝デポ〟に入り浸って、彼女を待ち伏せしたのだ。

カウンターの彼女の隣りにさり気なく腰かけた僕は、アイダに声をかけた。

――やあ、アイダ。

アイダはちらりとこちらを見て、ゆるやかに笑って答えた。

――コンニチワ。

僕はアイダが、二、三日前に見た僕の顔を憶えていたのかと思って、少しびっくりして言った。

――僕を憶えてるの。

するとアイダは驚いた顔になって僕を見つめ、やがて小さく首を振った。

僕は少なからずがっかりしたが、すぐに気を取り直して言った。

——車で来てるんだ、少しドライブしない？

アイダはバッグを手に取ると、カウンターのスツールからぴょこりと飛び降りた。立ってみると彼女は意外なほど小さかった。

僕はアイダが怒ってしまったのかと思って——いきなりドライブに誘ったりしたから——ちょっと困った顔になってアイダを見た。けれど彼女は僕のシャツの袖を引っ張って言ったのだ。

——どうしたの？　早く行こうよ。

アイダの表情は秒刻みで変わる。その日から僕とアイダは毎日会っているけれど、僕はまだほんとうのアイダの顔がわからない。歳《とし》は僕と同じ十九だという。十九にしては大人っぽく見えるけれど、ときおりドキッとするほど幼い顔を見せることもある。

アイダは取るに足らない些細なことに、ひどく悲しんだりひどく喜んだりする。たとえば一緒に海を見に行った帰りのこと。アイダがお腹が空いたというので、僕たちは国道沿いのドライブインに寄った。そのとき、僕たちの隣りの席に子供連れの若い夫婦がいた。

何かの拍子に——たぶんフォークだかスプーンだかを床に落っことして——二歳くらいのその男の子が泣き出した。母親が何とかなだめようとするのだが、男の子はなかなか泣き止まない。とうとう若い母親は、子供を抱いて外へ連れ出した。空いた彼女の席の前には、まだほとんど手つかずのチキンが残されていた。ひとりになった父親のほうは、溜息をひとつつくと、あとは黙々と食事を続けた。

子供が泣き出したあたりから、アイダの眉間にはシワが刻まれていたのだけれど、母親が子供をあやし疲れて戻って来ると、アイダはもう行こうと言って急に立ちあがった。僕は帰りの車の中で、アイダの機嫌を直すのに苦労した。

そうしてアイダは、つまらないことにえらくはしゃぐ。僕の車を家のガレージで洗ったときには、ホースの水に虹ができると言って何十分も一人で遊んでいたし、京浜島にドライブに行ったときには、間近に見える飛行機に手を振って、声をあげて笑っていた。

不機嫌な顔で喋らなくなってしまうときのアイダは、今にも泣き出しそうな感じがする。手を触れればガラガラと音を立てて崩れ落ちる不安定な積木のようで、僕は声をかけることもできない。そういうとき彼女は、何かにおびえているような、自分の中にある不安を持て余しているような顔をしている。アイダは何を怖がっているんだろう。

——だから僕はときどきそんなことを考えた。

けれどアイダはその一分後にコロコロと笑っていたりする。それはきっと彼女にとっては自然なことなのだろうけれど、僕はどこにいるのがほんとうのアイダなのかわからなくて、ときおり戸惑う。

——何やってるんだろうって、ときどき思うわ。

——え？

僕はアイダの言ったことの意味がよくわからなくて訊き返した。午前一時を過ぎて、駒沢通りを行く車の数は一段と減ってきた。アイダはコーヒーの紙コップを手の中に包んで、通りのむこう、さっきまで僕たちが腰かけていた石段を眺めながらゆっくりと話しはじめた。

——学校へ行く電車の中とか、ただ街を歩いてるときにね、周りにたくさん、ヒトがいるわけじゃない？

——うん。

——そういう人たちを見てるとね、あ、あたし何やってるんだろうって。あたしがここにいるって、どういうことなんだろう……。

——思うの？

——……。たとえばね、あたしがフッと消えちゃっても、誰も気が付かないかも知れない、誰にも関係ないわけじゃない。

——それはそうだけど……。でもそんなこと言ったら僕だってそうだし、みんな同じだよ。

——そうかな。

——そうだよ。

アイダは口をつぐんでうつむいた。ピッツァのワゴン車の中から、FENのニュースアナウンサーの声が聞こえてきた。立ったまま紙コップを両手で包んでうつむいているアイダを見ていると、僕の中で不思議な気持ちが湧いてきて、胸もとまであがってくる。彼女にはじめて会ったときから未だに解けずにいる謎が見えてきそうで見えず、僕はまたもどかしい思いをした。

——少なくとも……、少なくとも僕は、アイダが急にいなくなっちゃったら悲しいぜ。

アイダは僕のことばに幽かに笑った。そうしてコーヒーの紙コップを道路の縁石の上に置くと、後ろで手を組んで身体《からだ》を伸ばすようにした。

芝生を囲う柵の上に腰かけて、僕はアイダが言ったことについて思った。彼女がずっと怖がっていたのは、そういうことだったのかな、とふと考えた。

アイダの白い服が暗闇の中に浮かびあがる。僕はアイダが、彼女のことば通りにフッと消えてしまうような気がして、急いでアイダの手をつかんだ。

引き寄せた彼女の身体《からだ》はあたたかくて、僕はあたりまえのことに安心した。腰かけた僕の顔に、アイダの長い髪が触れた。まぎれもない彼女の匂いを感じて、僕は腕に力をこめた。僕はアイダがとても好きだ。無邪気に笑う子どものようなアイダも、顔をしかめて何かにおびえているときのアイダも、すべてをひっくるめて彼女に惹《ひ》かれている。いっときも、目を離していたくない。

それでも夏休みが終わって十月になれば、また学校へ行かなくてはならないし、もっとたくさんの時間が過ぎれば僕も四年間のラッキー・ピリオドから放り出される。それを考えると気が滅入るのは確かだけれど、とりあえず僕はここにこうしている。

——二十歳《ハタチ》になったら……。

アイダが口を開いた。

——二十歳になったら？

僕は彼女をうながした。けれどアイダは首を振り、何でもないと呟いた。

むこう側の石段の上では、飽きずに花火を続けているらしい連中が大声で騒いでいる。派手な音と閃光が、夏の終わりの夜空を彩る。アイダはそちらのほうを振り向くと、僕の腕をすり抜けて通りのそばまで走り寄った。

僕は彼女を追いかけるように柵の上から立ちあがり、連続して空に昇る仕掛花火を見つめた。そうしながら僕は、二十歳になったら、そのあとにアイダが何を言いたかったのかと考えた。それがわかれば僕は今までよりもずっと、彼女のほうに近づけるような気がした。

怒ったように火花を散らしたのは、石段の上にいた連中の最後のウサ晴らしだったのか、連続して打ちあがった何本かの花火が終わるとあたりは急に静かになった。ワゴン車から聞こえてきていたFENの音もいつの間にか止み、駒沢通りをときおり行き過ぎる車の音が、却って静寂を目立たせていた。

――イヤになっちゃった……。

アイダがぽつりと言った。二十歳になったら、の続きを考えていた僕は、自分のことを「イヤになった」と言われたのかと思ってハッとしてアイダの後ろ姿を見つめた。彼女は道路のむこう側を眺めたまま続けた。

――イヤになっちゃった。あんまり知りもしない人と、凄く仲いいみたいに喋ったり、次の日には別の人とその人の悪口言ったり……。ほんとに大好きだった人が別のコと一緒にいても、そのすぐ隣りで笑いながら冗談言ったり、そういうの全部、イヤになっちゃった。

僕は黙ったままで聞いていた。アイダは爪先で舗道に絵を描きながら、うつむいて言った。

――たぶんあたし、疲れちゃったの。楽しそうなフリしてることに、疲れちゃったの。

いつかアイダをはじめて見たとき、彼女が「何やっててもツマンない」と言っていたのを思い出した。

僕だってアイダのように思うことがないわけではないけれど。

——楽しくなかったわけじゃないんでしょう?

——そうだけど……。それはそうなんだけど。でもずっと楽しいままではいられないもの。あたしどこで区切りをつければいいのかわかんなくなっちゃった。こんなふうにしてるまま時間が経っていっちゃうのは凄くイヤだな。

僕は舗道に視線を移して、たぶん彼女がずっと怖がっていたことについて思った。夏休みもラッキー・ピリオドもいつかは終わる。時代という世界中が、いつかは僕の肩の上にのしかかり、観衆の監視が僕を縛るだろう。その日その日が楽しければいいだなんて、口では言っているけれど——そうして心の奥のどこかでは、ほんとうにそう思っているのだけれど——僕はすぐに身をかわせるように、自分がスタンバイしているのを知っている。だから僕は、今の自分をひどく姑息だと思う。

アイダはきっと、僕の何倍も正直なのだと思う。時間が経つのが怖いのは僕も同じだ。けれどアイダは姑息でないから——自分を誤魔化せないから——その正直さとまったく同じ重みで僕よりもたくさんのことを考えなければならない。

僕がことばを探していると、アイダは振り向いてくすりと笑った。

——いやだ、今あたし、きっと情けないカオしてたよ。暗くて見えないからよかったけど。情けないときの自分のカオがいちばんキライ。

僕のほうを向いたアイダの半身を、ワゴン車のピンクのネオンが照らし出した。片頰だけピンクに染めた彼女はなんだか病人のように頼りなかった。そうして妙に綺麗だった。

――じゃあさ、アイダをふりじゃ、なく楽しませてあげるよ。

――え？

――何でも言ってみなよ、やってあげるからさ。

僕がそう言うとアイダは大きな瞳をいたずらっぽい期待にキラキラと輝かせた。じゃあねえ、そう言ったあと、公園の水銀灯を見つめて真剣に考えこんだ。

――じゃあ……、道路の真ん中で、トンボ返りしてよ。

僕は吹き出した。いいよ、と答えて駒沢通りの中央へ歩み寄った。三回連続よ、僕の後ろ姿に声をかけたアイダに、かぶっていたセブンティシクサーズの帽子を抛り投げた。坂の上の信号が赤になった。僕は助走をつけて、トンボ返り連続三回を見事にキメてみせた。途中、タクシーとクリーム色のベンツが、クラクションを鳴らしながら僕のすぐ脇を通り過ぎた。

僕は手の汚れをはたいて落としながら、アイダのところへ戻った。ピンクに染まったままのアイダは、大きな目をもっと大きく見開いていた。

ネオンに透けるアイダは、放っておいたらそのままピンクの光の中に吸いこまれていきそうな感じがした。僕は彼女が怖がっているものと僕が誤魔化しているものを思い、わけがわからなくなってアイダに体あたりした。アイダはよろけて二、三歩後ろに退がり、そしていきなり僕に抱きついた。

二十歳になったら……。僕の中でわだかまっていた彼女のことばが不意に胸をついた。僕はその先はどうしても言わせてはならないような気がして、彼女の顔を引き寄せた。

——今度はさ。

——なに？

——今度は、アイダが僕の言うこときかなくちゃいけないんだぜ。

——トンボ返りは無理だわ。

——そうじゃないよ。

——じゃあ何？

——道路の真ん中で、キスしよう。

アイダは僕の胸の中で小さな笑い声をたてた。僕はアイダの手を引いて、通りの真ん中へもう一度出て行った。そうして僕たちは、駒沢通りのど真ん中で、長いキスをした。横を通り過ぎる数台の車がスピードを落とすのがわかった。

僕はそのとき、すべてどうでもいいと思えた。二十歳になったら、の続きも、確実に過ぎていく時間も、考えなくてはいけないムズカシイことはすべてやり過ごせるような気がした。

――ふりじゃなく、楽しかった？

アイダは僕の問いに上目づかいで僕を見て、何か言いかけて口を開いた。けれどすぐに下を向き、小さな声でそうね、と言った。

そのとき彼女が何を言おうとしたのか、僕は今もわからない。そのときの僕は、ほんとうのアイダをまた取り逃がしたことに、気付くことができなかった。

その翌日、アイダは約束の場所にあらわれなかった。二時間待っても三時間待っても来なかった。僕はアイダからの連絡を待った。けれど電話はかかってこなかった。そうしてふと考えてみると、僕は彼女の電話番号も住んでいる所も、名前すら知らないのだった。

僕は必死になってアイダの行方をたずね求めた。ＣＪに訊いた。〝デポ〟と、彼女がよく顔を出していたという〝Ｐ〟には毎日通いつめた。それでも彼女がどこへ行ってしまったのかはわからなかった。店にいる連中は、みんなアイダを知っていたが、彼女の行方を訊ねると一様に首を振るのだった。

あたしがいなくなっても、誰も気付かないかも知れない。――アイダの残したことばが、警報のように僕の頭に鳴り響いた。

だって、こんなのおかしいよ、変だよアイダ。ほんとうにいなくなっちゃうだなんて――。僕は信じられない思いをひきずって街を歩いた。そうしながら、彼女の言ったことをひとつひとつ注意深く手繰りよせた。いなくなって、アイダのことばは一層の重みをもって僕を襲った。

失意のうちに秋が訪れた。空がすとんと抜けたように高くなり、学校がはじまった。アイダはきっと、また眉をひそめて険しい顔をするだろう。僕は依然として姑息なままだ。語学の授業の出席を計算しながら、毎日学校に通っている。

街へ出れば、相も変わらず見慣れた顔ぶれにでくわす。僕は彼らとことばを交わすことで、以前と変わらぬ僕を見つける。けれどそのように思えるのは、彼らと一緒に僕自身も少しずつ変化しているからなのかも知れない。

夏にアイダが坐っていたスツールに腰かけ、脚を組んで、あのときのアイダのようにビールを飲んでいると、〝デポ〟の窓から秋の陽が射しこんで僕の頬を照らした。柔らかみを増した秋の光の中にいると、夏のあいだのすべてのことが夢だったように思われてくる。それでも僕の中には確かにアイダの残骸がいる。それは割れてしまったガラスの破片のようだ。

——二十歳になったら……。

その続きを言ってしまうかどうかを、僕は思い悩む。

「よう」

めずらしくひとりで来たらしいＣＪが、僕の肩を叩いた。

「元気ないな」

「そんなことないよ」

夏のあいだにＣＪは随分と陽に灼けた。ＣＪは黒い顔を僕に向けて、夏に起こったいろいろなことを話しはじめた。遊び仲間たちの目に浮かぶような馬鹿さわぎぶりは、今の僕にはなんとなく白々しかった。

「こんなことやってられンのも今のうちだからさ……」

最後にＣＪがぽつりと言った。僕はにやっと笑ってＣＪの顔を見た。

「ずるいンだな」

ＣＪは僕のことばにクックッと笑って頷き、そうして言った。

「いけないかな」

「いや……」

僕はひと呼吸おいてから、アイダがいなくなってからずっと考えていたことを言った。

「誤魔化し続けていくのだって簡単なことじゃないさ」

ＣＪは笑うのをやめて、今度は真面目な顔で頷いた。

時間は放っておいても過ぎていくものだ。自分を気にしすぎれば、時間の経つ速さは確かに怖い。どこで区切りをつければいいのか僕にだってわからないけれど、とりあえず今は、時間に身を委ねているしかないような気がする。

僕は何度となく反芻したアイダのことばを、ＣＪに投げかけてみた。

「二十歳になったらさ」

ＣＪは僕のほうをちらりと見て、それから口唇に人差指をあてた。僕はふと笑って下を向いた。

――そうだね、アイダ。二十歳になったら、何をやってもフツウのことになっちゃうよ。

心で呟いたのと同時に胸に走った痛みを押さえ、僕は自分の中にある破片に話しかけた。――でも怖がることはなかったんだよ。君は自分を気にしすぎたんだ。

窓の下の通りを行く車は、冬に向かって走っている。今、彼女に会えたなら、この数ケ月間に考え続けていたことを僕は伝えられるだろう。

だから僕はアイダを探している。アイダが何処へ行ったのか、誰か教えてくれないか。話したいことがあるんだ。

ユーロビートじゃ踊れない

顔立ちは純粋な日本人といっても通らないことはない。瞳の色は薄い茶色とはしばみ色の中間くらいの曖昧な色だけれど、怒ったり興奮したりするとグリーンが濃くなる。はじめて会う女の子なんかには——ハーフなの？　と訊かれることもあるが、そういうときヒロシは、にやっと含み笑いしてからおもむろに首を振ることにしている。

ヒロシ自身、自分の父親が日本人なのかアメリカ人なのか、実をいうとはっきり知っているわけではない。ただまだ幼いころ、母と祖母と一緒に暮らしていた時分に、このひとが俺の父親なのではないか、そう思える男の写真を目にしたことがあるだけである。

ヒロシには祖母に可愛がられたという記憶がない。よその家の普通のお祖母《ばあ》ちゃんのように、母親が外に働きに出ていたために学校に上がるまではいつも独りぼっちだった孫と、一緒に遊んでくれるとか話を聞かせてくれるとか、祖母はそういうことをいっさいしなかった。頭を撫でられたことさえないし、母が出かけたあとのふたりだけの家の中で、祖母はヒロシに話しかけることも必要最小限しかしなかった。

今にして思えば、あのころの祖母がヒロシを見つめていた眼は、とてつもない憎しみと薄気味わるさのないまぜになった複雑な色をしていたのではないだろうか。目の前にいる小さな子どもの身体の中には、確実に自分の血も混じっているというのに、肌の色はぼやけたように白く、髪の毛は頼りなく細い茶色である。——そんなふうに考えれば、あのころの祖母の気持ちは今のヒロシには理解するのもそう難しいことではない。

しかし小さなヒロシにとって、家は自分の世界であり、その世界の住人は母と祖母と自分の三人きりだった。そうして祖母はまぎれもなく、その後の人生の中でヒロシが出会うことになる数えきれないほどたくさんの「敵」の、いちばんはじめのひとりであった。

ヒロシが起きる前に毎朝出かけていく母は、夜遅く綿のように疲れ切って帰ってくると、布団の上で引きずりこまれるように眠ってしまうのだった。だからヒロシは小学校に上がる前の三人きりの「世界」の中でも、自分の立場というものを自然と理解していった。

そうであるからヒロシは、幼いころは今よりもずっと薄い色だった瞳のせいで、小学校に入ってからガイジンと呼ばれて苛められても、さほど辛い思いをしなくても済んだ。連中はみんな単純だったから、ガイジンと言って囃《はや》したてたところで、上級生にも一目置かれるような四番バッターとしてのヒロシを蔑ろにするわけではなかったし、何よりもたとえ悪口であってもヒロシに対してことばを発してくれるのだから、黙ったままで見つめる祖母よりはずっと良いと思えた。

それにそんなことも小学校までで、中学に入ると事情は一変した。ほとんどすべての運動系クラブが試合になるとヒロシを借りに来たし、顔も知らない女の子が手紙をくれるのも二度や三度のことではなかった。

海沿いの工場街の中にあった市立中学校にはガラの良くない奴らも随分いたが、そういう連中の中にもヒロシは自然に溶けこめた。思うに自分の生まれの曖昧さは、自分の本質のようなものをも曖昧にしているのではないだろうか。ヒロシはある程度成長すると、自分のまわりにいるどんな奴らとも簡単に馴れあってゆけるという、ひとつの才能に気付いた。

煙草を吸いはじめたのは中学一年のときだった。土地柄わりあい容易に手に入れることのできる「草」ではじめてぶっ飛んだのも、中学校のときだった。

高校を卒業するとすぐに、出ていきたくて仕方がなかった家を出てひとり暮らしを始めた。

それまで住んでいたところよりもずっと港に近い町の、坂道の上に六畳間を借りた。中古で銀色の自転車を買った。

毎朝ヒロシは、アパートの前の長い坂道をその銀色の自転車で滑り降りる。フィーッと、自転車は癇《かん》性の猫のような声で鳴きながら、ヒロシを坂道のどん詰まりを横切っているバス通りまで連れていく。

車の行き交いの激しい谷底にある道路めがけて、身体の重みのせいでどんどん速度を上げていく華奢な針金の車輪の上にいるときのあの快感といったらない。

ブレーキもかけずにこのまま突っこんだなら、鋼鉄製のケダモノが悲鳴をあげてこの銀色のチューブをぐにゃりと圧し潰すのだろう。そうして俺も銀色の針金と一体になって、粗いアスファルトの上でぐにゃぐにゃに潰されてしまうのだろう。

勾配の急な坂道を滑り降りていくとき、身体の両脇の景色は風と混じってしまって、もの凄い勢いで流れ去ってゆく。斜面の上にしっとりと吸いつきながら回転する車輪の上で、ヒロシは腹の奥底の方から湧きあがって喉もとのあたりでころころとくすぶる身体の中のエンジンのこそばゆさに耐える。そんなときヒロシは自分を好きでたまらなくなる。

バス通り沿いに北へ向かって十五分ほど漕ぐと、古びた駅が見えてくる。駅の高架の裏側には、帆船のマストがそびえている。

大きな帆船はもうとっくの昔に動かなくなったもので、今はただ駅裏の埋め立て地の脇の汚れた海面に浮かんでいるだけだ。埋め立て地はそれまであったさまざまの小汚い建てものを全て壊して、やっと新地《さら》になったところである。

湿った潮風を存分に吸いとって塩からい剝き出しの土の上を、黄色いブルドーザーがもそもそと動き回り、端の方では足場が組まれはじめている。来年、この埋め立て地は博覧会の会場になるのだそうだ。今はうそ寒く塩と鉄分の混じったような風が吹き抜けていく、このだだっ広い埋め立て地が、来年になると夢のように楽しい、奇抜で斬新な姿のパビリオンが立ち並ぶ色にあふれた小世界になるのだという。

倉庫街や港で働いていた港湾労働者が、去年あたりからだんだんにこの埋め立て地に流れて来た。ヒロシもそのひとりである。去年まで働いていた赤レンガ倉庫のそばの埠頭で、何やかやと世話をやいてくれたオッサンに、お前も行かないかと誘われてこの博覧会の建設地に移って来た。どっちがキツいとかどっちが楽しいとかいうことはないが、今の仕事もまあまあ気に入っている。どちらにせよ港には、ヒロシのように生まれのあやふやな者も結構いて、他人の詮索《せんさく》はご法度というようなところがヒロシには気楽である。

昼はそこで働いているヒロシには、もうひとつ夜のバイトがある。昼の仕事が終わると、ヒロシは労働者用の仮設シャワーで汗を流してから根岸台の居酒屋に向かう。その居酒屋でのアルバイトは港で働きはじめる前からやっていて、バイトの中ではいちばんの古参になった。

主人夫婦がヒロシを気に入ってくれていて、何かと面倒見てくれるのはいいのだが、夕方早い時間に着くと三匹いる飼い犬の散歩を頼まれたりする。厄介に思うこともあるが、長いことやっているせいで気心が知れているのと、やっぱり長いことやっているせいで、ある程度好き勝手ができるのとで、ここのバイトもまあまあ気に入っている。

昼と夜の二重生活には、さすがのヒロシの強靭な肉体もときたま音《ね》をあげることがあるが、そんな忙しい毎日の中でも十九歳のヒロシは、遊びに出かけるという中学生のころから半ば習慣で身体に沁みついたようになった「仕事」だけは、怠ったことがない。

中学のころいつもつるんでいた不良仲間は、住んでいる場所が少し遠くなったからということもあるが、どうも高校生のころあたりからソリが合わなくなって今はほとんど会っていない。高校のころの仲間は、何人かは大学に入ったし浪人している奴も結構いて、電話で話したりはするけれど、やっぱり一緒に遊びに出るという雰囲気ではない。だからヒロシの夜遊びは、ひとりでのことが多い。

毎週土曜日、居酒屋のバイトが十時半にひけたあと、ヒロシは郵便局通りにある〝リューイ〟というディスコに出かける。高校のころから、ここには月二回くらいの感じで来ていたけれど、最近フーズボールに凝っているヒロシは新しい楽しみに夢中である。

十時半から出かけるヒロシとしては、東京のディスコのように十二時で閉まったりしてもらっては困るのである。〝リューイ〟は土曜の夜はオールナイトで四時半までやっている。女の子もキレイなのが多い。基地のアメリカ人が多いのはときどき煩しいとも思うが、それも雰囲気をつくっていて、まあいいや、と思う。

薄暗い、妙な匂いのたちこめるフロアで、ブラックのリズムに身体を委せきっていると、ひどく刹那的な気持ちになることがある。そういう気分は、あの長く急な坂道を自転車で滑り落ちていくときの気分によく似ている。

ヒロシがはじめて暁子《あきこ》に会ったのは、夏も終わりかけた生温《なまぬる》いような土曜日の夜だった。

〝リューイ〟によく来ている連中はお互い顔も判るようになっているが、入れ替わりが激しいし、話をするのはいつでも酔っているときなので、顔と名前が一致しない奴というのがわりといる。それでもフーズボールの周りに集まって来るのは、毎週だいたい同じような顔ばかりで、アイツは上手いとかコイツは観てるだけとかいうことは判る。

暁子は半年前くらいからよく顔を見るようになった女の子のグループのひとりで、話をしたことはなかったけれど、たいていフーズボールのテーブルのまわりに溜まって色のついたソーダを飲んだり煙草を吸ったりしているのは知っていた。

話しかけてきたのはむこうのほうだった。フーズボールはヤンさんとミーハーの明夫が対戦していて、ヒロシは明夫の後方でゲームを観ていた。

「ずっと見てたの」

その女はだしぬけにそう言った。

え、と訊き返しかけてヒロシは気付いた。そう言えばさっき、ヤンさんと若い黒人が対戦していたとき、フーズボールのテーブルの逆側にいたヒロシはこの女と向きあう形になって、何度か目が合ったからどうということもなく笑ってみせたりした。

見ていた、というのはゲームのことではなくてヒロシのことをという意味らしい。

「ふうん」

ヒロシはそう言って女の顔をちらりと覗きこむようにし、そうしてからにこっと笑った。そんなふうに笑うと自分の顔がもの凄く魅力的になるということを、経験上知っていた。

それで？　というようにヒロシが首を傾けると、彼女は少し困った顔になって続けた。

「だから……、話したかった」

今度はヒロシも、つくったわけではない笑顔を見せた。見てたの、だから話したかったの、というつながり方は、なんだか即物的とも言えるほど直截な感じで、けれどこの女が言ったことばには、これくらいの年齢《とし》のこういう感じの女にありがちなイヤラシサがちっともなかった。

〝リューイ〟に毎週通っていれば、月に一度や二度はラッキーな拾いものをすることがある。ヒロシがここに通っている理由も、半分までとはいわないが、まあ三十パーセントくらいは拾いものへの期待が作用している。

だから最初に暁子に会った晩は、ヒロシもいつもの拾いものを——それもわりあい良いほうの拾いものをしたかな、という程度にしか思わなかった。

もう少し喋ってコトを決定的にしてから、この後の予定を訊ねてみようか。もっともこの後の予定と言ったって、朝の四時半からもう一軒行こう、なんて奴はいるわけないのだ。この後は、と訊くことはひとつの符丁でもある。

ところがヒロシがそう思いながら次のことばを口にしようとしたとき、ヤンさんがヒロシの肘のあたりをつついて「チェンジ」の合図を出した。断わろうとしたがヤンさんはすでに背を向けてカウンターの方へ歩きだしていて、ゲームが終わるのをジリジリしながら待っていたらしいさっきの若い黒人が、ウキウキした感じでヒロシの向かい側に廻りこんだ。今までヤンさんと向きあっていた明夫はというと、もう新しいバドワイザーのプルトップに指をかけて、エアコンの前で女の子とくっちゃべっている。

——仕方ねえな……。

ヒロシは心の中で舌打ちしながらハンドルを握った。そうしてからふとまわりを見廻すと、いつの間にか彼女の姿は見えなくなっていた。

アメリカ人とゲームをするのを、ヒロシは余り好きではない。まず第一に、連中の大半はフーズボールの常連たちより格段に下手クソである。下手なくせにいちいちオーバーアクションで、ミスする度にぎゃあぎゃあ騒ぐのが気に入らない。それともうひとつうざったいと思うのは、ヒロシの顔を見て勘違いするのか、英語でべらべら話しかけてくる奴がたまにいることである。そういう手合いにはシカトを決めこむことにしているヒロシだから、別にゲームが不利になることはない。それでもアメリカ人がテーブルのそばでヤル気満々の顔をしているときは、ヒロシはなるべく近寄らないようにしている。

若くひょろ長いその黒人は、わりとおとなしいほうで騒いだり話しかけてきたりしないのは良かったけれど、下手なぶんには充分下手クソだった。あっという間にヒロシが勝って、ひどく悔しそうにしていた黒人は案の定もう一勝負を誘ってきた。

「俺、トイレ行きたいから」

日本語で言って判るはずはないがヒロシは笑いながらそう言って、うまい具合に通りかかった剛《つよし》のジャケットを引っ張ってハンドルを握らせた。

ほんとうに行きたかったわけではないが、そう言ってしまった以上行かないとバツが悪いような気がして、ヒロシは取りあえずトイレに続く廊下のほうへ入《はい》った。

廊下にはシートはないのだが、胸くらいの高さのテーブルがひとつあって、そのあたりにも何人かたむろしていることが多い。照明はフロアよりもやや明るめだが、なんとなく密閉されたような雰囲気があるので、そこらにいるのは露出度の高い原色の服を着た女とどこもかしこもデカそうな黒人という取り合わせがほとんどである。十二時を過ぎるころからは、床にじかに坐っている連中も見られる。

平日は大抵ガラガラに空いているという〝リューイ〟だけれど、週末、殊に土曜の夜はまったくどこからこれだけの人間が湧き出てくるのかという感じの混雑である。

女の子は、見せられるところは全部出してみました、という感じの格好をしてブラザーとつるみがちなのが半分くらいで、残りの半分はワンレングスにスーツ、というのもいればジーパンにダンガリーという感じの子もいるし、ごく普通のオバサンみたいなのもたまに見かける。高校生も結構多い。

みんなが好き勝手している、というようなところが窮屈でなくていい。廊下のテーブルのそばには、その日もいつものようなカップルがいて幾度となくキスを繰り返していた。床にじか坐りした明らかに高校生と思しきガキ共が「ここはアメリカじゃねえぞオ」みたいな野次を飛ばしていたが、ヒロシはその真ん中を横切って廊下のどんづまりまで行った。

どんづまりの角に灰皿のスタンドがあって、ヒロシはその上に腰かけると後ろのポケットからガラムを取り出した。火を点けたところですぐ目の前の黒いドアがバタンと開き、出て来た男がヒロシの顔の前でパッパッと手を振った。

「久しぶりじゃんよオ」

目をあげると健ちゃんの顔があった。

「あー、元気だった？」

「うん。ヒロシくんは？」

「元気だった。今日、剛《つよし》来てるよ。さっき会った」

「剛……？　剛って誰だっけ」

「えー、健ちゃんのが最初にトモダチだったンじゃん」

確か剛とは健ちゃんに紹介されたはずだった。健ちゃんはそんなに背は高くないが顔立ちが整っていて、東京のモデルクラブに所属しているという話を聞いたことがある。剛のほうは、とてもそういうふうには見えないのだが昼間はごく普通の会社員らしい。剛はここのところほぼ毎週顔を見ているが、健ちゃんに会うのは久しぶりだった。

「そうだったっけ。——どんな奴？」

「ほら、いつも極彩色のランニング着てる……」

「ああ、ああ。もしかしてヒタチかどっかに勤めてる……」

「そオそオ、あいつ」

「もうご無沙汰してたから、どいつがどの顔か忘れちったよオ」

「ひと月ぶりくらい？」

「それくらいかなあ」

健ちゃんも煙草を取り出して、ヒロシの煙草から火を取った。ひと口めを深く吸いこんで、大きく煙を吐いてから健ちゃんはシブい表情になって呟くように言った。

「楽しめねえんだよな、最近……」

どうして、と訊く前に、健ちゃんは心もち身をかがめて、低い声になって言った。

「ユリってのがいるだろ、ホラいつも俺にベタベタしてる……」

「ああ……」

小柄な、化粧の濃いめな女の顔をヒロシは思い出した。愛嬌のある感じの顔で人あたりは良いが、酔っぱらうと結構ボロボロになってしまう女だった。

「あれがさ、うるせえンだよ。何勘違いしてんのか知らないけどさ」

「へえ……」

「あれがうざくて最近来てなかったんだけどさあ……」

「今日も来てンの？」

ヒロシの問いに、健ちゃんは最悪という顔をつくって頷いた。あはは、とヒロシが笑うと、健ちゃんはヒロシの頭を指で弾いてから煙草を踏み消した。

「じゃあな、なんせウルセエから」

「うん、また……」

ことばを交わしたあとで健ちゃんは二、三歩足を進めたが、そうしてからいきなりくるっと振り向いてヒロシのほうへ人差し指を立てて見せた。

「そうそう、お前さあ」

呼びかけられてヒロシが、「ん?」と言いながら眉を上げると、健ちゃんはもう一度声を低めて言った。

「お前さあ、あんまし俺の紹介した女のコ食いまくるなよ。片っ端からってウワサだぜえ」

「それは言いすぎだよ」

笑いながらヒロシが言うと、健ちゃんもウヘへ、というような変な笑い方をしながら行ってしまった。

健ちゃんが何歳《いくつ》なのかヒロシは知らなかったが、少なくとも自分より二つや三つは上だろうと思う。ウェイターに西崎というのがいるのだが、その西崎が健ちゃんは五年間〝リューイ〟に通っているのだと言っていたことがある。

そういう健ちゃんだから顔見知りも多くて、ヒロシも何人か女の子を紹介された。片っ端からというのは言いすぎとしても、確かにその中の数人は食った。けれど幸いヒロシの場合は、健ちゃんのようにひとりの女の子にとっつかまるという窮地に陥ったことはない。

フロアのほうからB・ブラウンの「ドン・ビー・クルーエル」が流れてきた。どよめきの次に歓声があがる。ヒロシも煙草を消して、フロアのほうへ出ていった。さっきの女の子の姿を見つけたかった。

真夜中を過ぎるころが〝リューイ〟のピークだ。フロアは踊っていなくても汗が出てくるほど混んでいて、はじき出された人たちが場所を問わずあちこちで身体を動かしている。ヒロシは仕方なくフーズボールのテーブルの方に戻った。

さっき話した女がいるかも知れないと思ったが、あの子はいなくてそのかわりに絵美が手を振ってきた。ヒロシは心の中で舌を打った。

「ヒロシぃ」

顔の前で手を振っている絵美はフワフワした声で呼びかけてきたが、ヒロシは無言のままでただ頷いてみせた。

「何やってたの、ずっと前から来てたのにイ」

「うん」

答になっていない答を曖昧な感じで口にしてから、ヒロシは周囲に視線を漂わせた。そうしているあいだに絵美は両腕をヒロシの首に廻して、しどけなく体重を委ねてきた。

――あ。

さっきの子をやっと見つけた。カウンターで、牛乳にウイスキーを二、三滴垂らすというういつものの気味の悪い飲みものを手にしているヤンさんの隣りで、彼女はヤンさんと何ごとか話していた。彼女の隣りには、いつも来ている彼女の友だちの姿も見える。どうやらヤンさんのフーズボール講座が始まっているらしい。

ヤンさんもやはり年齢不詳なのだが、中華街でコックをしているということだけはわりと知られている。いちどヒロシも、今度食べにおいで、などと言われたことがあるが、それも酔っているときに聞いたので店の名前は忘れてしまった。

ヒロシが高校生のころから、ヤンさんはここの主《ぬし》みたいな感じでカウンターの左端の席に陣取り、あの不気味な飲みものをちびちび舐めるようにしていたのだったが、どういうわけかフーズボールは滅茶苦茶に強かった。たまにバカ面をした背だけは高いアメリカ人などがヤンさんに勝負を誘ってくると、ヤンさんははじめのうち弱いふりをして相手に四ポイントまで取らせ、それからいきなり本気を出して、あっという間に打ち負かしてしまったりすることがある。だからヒロシは、ああ見えてヤンさんは案外意地悪なのだと思っている。

さっきのノッポの黒人は剛《つよし》相手にもやっぱり下手らしく、剛が情けない顔をしながらヤンさんを呼びに来た。ヤンさんは女の子たちに、どうもね、とか何とか言いながらカウンターのスツールから降りた。テーブルの前では明夫が身構えてヤンさんと剛を待っている。ダブルスでやるらしい。

案の定剛は、絵美のなすがままにぶらさがらせているヒロシのところにもやって来た。ヒロシはまとわりつく絵美をひっぺがすようにして、テーブルの前についた。

明夫とヒロシが組んだ。彼女たちもテーブルの周囲に集まって来て、ゲームの成り行きを見つめた。絵美はいつも一緒に来ているチエコとかいう女の子と、混んだフロアに踊りに行ったようだった。

――ゲームが終わったときがチャンスだな。

ヒロシは心の中でひとり言を呟いてハンドルを握った。

ヤンさんはやはり滅法強くて、剛はほとんど何もしなかったけれどヒロシと明夫は負けた。

「まだまだね」

ヤンさんはそんなことを言って、にこにこ笑いながら顔をあげた。ヒロシは明夫と顔を見合わせながら肩をすくめた。そのとき視界の端に、あの子がトイレの廊下の方へ歩いて行くのが見えた。

――またチャンスを逃がしたかな。

そう思って一旦はあきらめかけたヒロシだが、思い直して自分も廊下のほうへ入っていった。

ヒロシはさっき健ちゃんと話していたときに腰かけていた灰皿の上に、もういちど腰を下ろした。こうしていれば、戻って来る彼女に確実に会えるはずだ。もっとも、彼女のほうがそこでヒロシを無視してしまったら、ヒロシも本格的にあきらめざるを得ない。

けれどヒロシには自信があった。

——ずっと見てたの……。

ついさっきの彼女の声が、身体の内側を通り抜けた。くすぐったいような気持ちがした。

やはり彼女は、化粧室のドアから出て来た途端にヒロシの顔と出喰わすと、にッと笑って首を傾けて見せた。

「さっきはドウモ」

ヒロシは吐き出した煙に目を細くしながら言った。彼女はちょっと恥ずかしそうな表情を見せながらも、口唇の両端を少しだけ動かすようにして笑った。小動物を連想させるようなその笑顔はけれどわりあい魅力的で、ヒロシは、もしかすると案外ズルい女かも知れないな、などと思った。

「最後までいるの？」

「わかんない。友だちと一緒に来てるから……。あなたは？」

「俺も決めてないけど……。どこに住んでんの？」

「東京」

「へえ……、わざわざ？　遠いのに」

「車で来たから。三十分くらいかな。それにここ、東京から来てるコわりと多いんじゃない？」

「そうかな。ご苦労さまだ、東京にだってこういうところはいっぱいあるだろうに」

「だって東京のディスコはこんなふうじゃないもの……」

「……」

ヒロシは不思議そうな表情で彼女の顔を覗きこむようにした。すると彼女は、さっきのようにちょっとズルそうな笑顔で言った。

「ここは何でもアリだからいいのよ」

「何でもアリ――？」

奇妙に感じたそのことばを繰り返したヒロシに、彼女は頷いて一瞬目を光らせ、あとはもう教えてあげない、という感じで身体を翻した。

「何でもアリねえ……」

ヒロシはもういちど呟きながら彼女のあとを追った。

彼女はカウンターのそばにいた友だちに二、三言話したあと、ヒロシの腕を引っ張るようにしてフロアから離れた隅のほうへ行った。

「最後までいないんだったら、送ってってあげられるけど。地元なんでしょ？」

「え？」

「言ったでしょ、車なのよ」

「いいの？」

「いいの。何時までいるつもり？」

「何時でもいいよ、俺は」

「じゃ、もう行かない？」

ぼんやりと頷いてしまってから、ヒロシは女のペースに引きずりこまれている自分に気付いた。彼女に引っ張られるようにしながらロッカーの間を通り抜けるとき、ヒロシはやっと訊いた。

「どこに駐めたの？」

「真ん前よ」

入口の扉を抜けて、これから入って来ようとしている客たちの流れの中を逆に進み、暗い階段をのぼって外に出たところで彼女は足を止めた。

「何？」

「これなの」

彼女の車は、ほんとうに店の真ん前に駐まっていた。明らかに日本車の青とは違う、青い色をしていた。

口を開けて車を見つめていたヒロシを振り返らず、彼女は一旦車道に出てキイを差しこんだ。ヒロシは慌てて助手席に乗りこんだ。

「……サンタナ？」

「そう」

友だちのボロボロの中古車か、港の軽トラにしか乗ったことのないヒロシは、しばらくのあいだ車の中を見廻した。

「俺、こんな高級車乗ったのはじめてだわ」

そのことばに彼女はクツリと笑って答えた。

「別に高級車じゃないよ」

車は元町の方へ進んでいった。「突きあたりを右折」とヒロシが言うと、彼女は無言で頷いた。

「怖くない？」

右折したあと、川沿いの道路を進みながら彼女は突然に訊いた。

「何が……？」

「運転。あたしもの凄く酔っぱらってンのよ」

慌ててヒロシが運転席の彼女の顔をうかがい見ると、彼女は横目でちらりとヒロシのほうを見て、それからころころと笑った。

からかわれたのか、そう思ったらなんだか悔しくなってきた。ヒロシは「怖くねえよ」とぶつりと答えて腕を組んだ。シートを少し倒して窓の外に目をやると、ずっと遠いほうの空がだんだんに白っぽくなりはじめていた。

——参ったな。もう朝か……。

窓ガラスに頭をもたせかけていたら、急に凄い振動が伝わって身体が前方に揺らいだ。彼女が急ブレーキをかけたのだ。

「どうしたの……」

目の前に見える赤信号と隣りにいる女の顔とを交互に見ながらヒロシが言うと、彼女自身も驚いた顔で答えた。

「……見てなかった」

ヒロシは坐り直してしっかりと前を見つめた。もの凄く酔っぱらっていると言ったのは、どうやらからかったというだけではないようだった。

坂道の途中に幼稚園があって、日曜日は送迎バスの出入りがないのでその門の前に車を駐められる。車を駐めてしまうと彼女は、乾いた声で言った。

「あなたのお家、インスタントコーヒーある?」

「あるよ」

ヒロシがそう答えると、彼女はものも言わずにキイを抜いた。

部屋にあがってヒロシがポットを火にかけているあいだに、彼女は六畳間の三分の一ほどを占めているベッドに俯せになった。

熱いコーヒーのカップを運んでいくと、彼女はベッドの上に起きあがってカップを両手で包んだ。ヒロシは畳の上で脚を投げ出し、取りあえずテレビをつけてみた。一局だけやっているところがあって、ポップスのビデオをえんえんと流し続けていた。

「いくつ？」

背後で彼女が訊いた。

「年齢《とし》？」

「そう」

「あんたは？」

「――二十歳《ハタチ》」

年上か……。ヒロシは口唇をとんがらせて「ふうん」と言った。

「あなたは？」

「二十一」

ふたつサバをよんだ。けれど彼女は半分ほど飲んだコーヒーのカップを置いて、即座に言った。

「嘘でしょ」

「どうして」

「判るわよ」

ヒロシはがばッと振り向いて、ベッドの上に横坐りしている彼女に襲いかかった。彼女はしっとりとヒロシの胸に吸いついてきて、首筋のあたりに頬を押しつけた。そうしてゆっくりと顔を動かした。ヒロシの首筋が、彼女の頬や鼻や口唇を感じた。

——猫みたいだ……。

そう思った瞬間、首筋に鋭い痛みが走った。彼女が噛んだのだ。

「痛エ」

ヒロシは責めるように低くそう言って、両腕は彼女の肩に廻したまま彼女に覆いかぶさった。

仰向けになった彼女は、真っ黒い瞳でヒロシを見あげた。キリリと胸を何かが通り抜け、ヒロシも思わず真面目な顔になって彼女の目を見つめた。

「ヤバいよ」

知らないうちにそんなことばが口から出ていた。言ってしまってから、何を言っているんだろう、と思った。

「どうして？」

彼女はまるで真剣な表情でヒロシを見あげたまま言った。

「や、なんていうか、さ。ヤバいでしょ」

言いながら、なんてマヌケなことばなんだろうと思った。そう思いながらも言っていた。

「どうして？」

彼女はもういちどそう言った。

——判ンないけどさ。ヤバいと思っちゃったんだ、俺……。

絵美や、他のいろいろな女の子のときは違った。ことは驚くほど簡単に進んだ。ヒロシ自身、ついさっきまでそう考えていたのだ。

何か言わなきゃ、そう思って口を開きかけたとき、首に廻っていた彼女の手の力がふうっと抜けた。彼女は嘘みたいに唐突に眠りに落ちていた。ヒロシはまたもやバカにされたような気分を味わいながら、それでも彼女を起こさないように静かにベッドから降りた。

しかし彼女はたったの三十分も眠り続けてはいなかった。寝入ったときと同じように、ひどく唐突にバッと起きあがると、ぼんやりした顔であたりを見廻し、そうしてから言った。

「あたし、帰る」

ヒロシは気圧されたように「おう」と言って、バタバタと立ち上がった彼女を見つめた。

簡単なキッチンの前の板の間にある銀色の自転車の脇をすり抜けて扉に手をかけた彼

女の後ろ姿を目で追い、ヒロシは出て行きかけた彼女に慌てて声をかけた。

「あのさあ」

半分扉を開いた彼女は、ふっと振り返ってヒロシを見た。

「名前……」

すると彼女は、飛びきりの笑顔を見せて言った。

「暁子《あきこ》」

「来週は行く?」

「たぶん。コーヒーごちそうさま」

「俺さ、ヒロシ」

「バイバイ、ヒロシ」

「バイバイ……」

パタンと閉まった扉のむこうで、暁子の靴音が遠ざかっていった。ヒロシはなんとなく溜息をついて、いつの間にかこぼれた畳の上の一滴のコーヒーを見つめた。


奇妙な夢を見ることがある。

空を飛ぶ夢を見たことがあるか、と訊かれて、空から落ちる夢なら見たことがある、と答えるのが、昔の映画か何かにあった。しかしヒロシの夢は、飛ぶのでも落ちるのでもない。泳ぐのである。

水の中を泳ぐのではない。自分がいるのは確かに空中、それも地上五メートルかそこらの低い空中なのだ。

人びとで賑わう商店街の通りの真ん中や、人気《ひとけ》の絶えた真夜中の大桟橋通りの、ごく低空を、ヒロシの身体は水平に進んでいく。進むためには漕がなくてはならないから、ヒロシは両手を大きく掻き、両脚で周囲の空気を強く蹴っているのだが、空気は水を含んだように重くなかなか思うように身体を動かせない。

低い空中を泳ぐ身体のまわり、商店街では太い脚をした女たちが買いものに余念がない。セロハンでできた安っぽいちゃちな紅葉がひらひらと揺れる下、魚屋のオバサンや八百屋のオッチャンががなり声をたてる中を、ヒロシの身体は少しずつゆっくりと前へ進んでゆく。そんな奇妙な光景に女たちは見向きもせず、頭の中をせわしない日常のことごとでいっぱいにしている。

あるいは真夜中の大桟橋通りでは、ヒロシはまばらに行き交う車を上から見おろす。桟橋から高速道路のほうへ向かってゆくと、ハザードランプの点滅する黄色とテイルランプの赤が、肌寒くなるような夜を思い出させる。風は生あたたかいのに半袖のTシャツから剝き出しになった腕は、細かい鳥肌が立っているようなのだ。

ヒロシのことを見る者は、いや、気にする者すらいなくて、それがヒロシにはなんだか心地良く感じられる。

昔から――、たぶん十歳くらいのころから、そういう夢をしばしば見た。もっとも全部が全部同じシチュエーションというわけではない。共通しているのは、低い空中を飛んでいること、人びとや車や空気、木、建てもの、すべてが自分に無関心なことである。

起きぬけのベッドの上で、ヒロシは自分の腕をなんとなく見てみた。色は白いけれど、毎日の肉体労働のせいで筋肉は鋼《はがね》の針金のようにお互い絡みあい、絡みあった束がまた絡みあってがっちりとスクラムを組んでいる。力をこめると、金茶色の体毛の下に青白い血管が浮く。

流しの前で、銀色の自転車が息を殺してヒロシのことを待っていた。すりガラスのむこうにある太陽の光は、圧倒的な勢いでもって古い畳を焦がしている。九月に入ったとはいえ、まだまだ日中は暑く、塩分をたっぷり含んだ埋め立て地の風は焼けつくような匂いがする。

今日は何リットルの汗を流すだろう。――ヒロシは口の中でそう呟いてから勢いよく起きあがった。

その夜いつもと同じ時間に〝リューイ〟を訪れたヒロシは、フーズボールのテーブルのそばで友だちと何か話しながら笑っている暁子を見つけた。

気付かれないうちになるべくそばへ行って、急に声をかけて驚かそうか、それとも思いっきり知らんふりをしてみようかと考えているうちに、むこうの方で気付いて手にしたグラスをちょこんとあげるようにされた。ヒロシは舌を出してからにこっと笑った。

——あれ。

次の瞬間、ヒロシは奇妙な違和感をおぼえた。その理由はすぐに判った。暁子の隣りに絵美がいて、何か話しているのだった。

絵美はヒロシと同い年で、やっぱり〝リューイ〟にはほとんど毎週来ている子だ。はじめて知りあったのがいつのころかはよく憶えていないが、ここに五年間通っているという健ちゃんが、「絵美はずいぶん昔から来てる」と言っていたほどだから、古顔には違いないだろう。

滝頭の方に住んでいるとか聞いたことがあるが、詳しいことはよく知らないし知ろうとしたこともない。なにせ絵美も来れば必ず最後までいるから、やっぱりほぼ毎週最後までいるヒロシとはいつの間にか話すようになって、何回か寝た。基本的に余り利口ではない女で、考えていることも言うことも簡単である点が「買い」だとヒロシは思っている。

その絵美と暁子が、何の話をしているんだろうと考えながらヒロシはふたりのほうを眺めた。今夜の暁子は、先週の金茶色のワンピースとは全然違う雰囲気の格好をしていた。白いシャツとジーンズを着て、襟を立てたシャツの胸もとにターコイズのネックレスが見えた。

ヒロシは先にフロアの奥側のカウンターのほうへ行って、バドワイザーを三つ買った。いつものことながら生ぬるい缶を手にしてフーズボールのテーブルのところまで戻ると、暁子の姿はもう見えなくなっていて、ヒロシに気付いた絵美が手を振りながら近寄って来た。

「さっきの子、友だちかよ」

缶のひとつを絵美に手渡してやりながらヒロシが訊くと、絵美は一瞬「え？」というふうにヒロシの顔を見あげたが、すぐに納得いった表情になって頷いた。

「ああ、あのヒト。別に友だちじゃないけど、あたしが話しかけたんだ」

「どうして」

「だってキレイなヒトだなあって思ってて、ずっと話しかけたかったんだもん」

「……」

「あのヒトね、東京に住んでるんだって」

「うん」

「なんだあ、ヒロシ知ってンの」

「うん、ちょっとな」

「じゃあさ、あのヒトがKの二年生だってことも知ってた？」

ヒロシは聞いたことは確かにあるそのことばの響きと、実際の感覚とがうまく結びつかなくて、一、二秒沈黙してから首を振った。

「そうなんだって。ねえ、びっくりするでしょ、頭いいんだねえ」

「へえ……」

ヒロシはなんとなく口唇を突き出して、ぼんやりと二、三度頷いた。そのとき入口の方から、ガラガラに割れた大声がしてヒロシは振り向いた。

「ヒロっちゃあん」

剛《つよし》だった。ここに来る前にかなり飲んできたようで、ひと目で酔っぱらっていると判った。

「どうしたよオ」

剛はニタニタ笑いながらヒロシに抱きつき、体重を預けてきた。

「やっべえよ、俺クルマん中でゲロ吐いちった」

「きたねえなあ……。自分の車？」

剛はニタニタ笑いを続けたままで頷いた。そうしてから急に真顔になり、しゃんと立ち直って言った。

「俺、今日はゲームしないで踊りまくろう」

大丈夫かよ、そう言って止めようとしたヒロシを振り払うようにして剛はフロアへ出ていった。

ウェイターをしている西崎が、山のようにグラスを積んだトレイを片手に通りかかり、ふらついた剛の後ろ姿を呆れ顔で見つめた。

「どうしたの、アイツ」

ヒロシが訊ねると、西崎はさあ、というように首を傾げて、すぐ脇のテーブルに置き去りにされたいくつかのグラスを手慣れた動作でかき集めた。ヒロシは残り三分の一くらいになったバドワイザーをその場で飲み干し、空いた缶を西崎のトレイの上に載せた。

「ヒロシ来週も来る?」

一旦去りかけた西崎が、ふと振り返って思いついたように言った。

「たぶんね。どうして?」

「来週さ、パブリック・エネミーのライヴやるよ」

「ウソッ!?」

「マジ」

「どこで」

「ここでだよ」

「ほんとにイ。プライス変わンの?」

「変えないみたい」

「すげえラッキーじゃん」

「あんまし言いふらすなよ。一応ヒミツなんだから」

西崎は念を押すようにそう言ってから、グラスの山を載せたトレイとともにカウンターの内側へ入っていった。

フーズボールのテーブルでは、見たこともないアメリカ人と、先週もいた若い黒人が低次元の争いをやっている。ヒロシは取りあえずテーブルのそばへ行き、意地悪な苦笑いを浮かべながらゲームを眺めているヤンさんの横に立った。

力だけは強いらしいふたりのゲームは、ボールの当たる音だけは大きいが、お互いなかなかポイントを取ることができないでいる。フェイントもかけずにディフェンスめがけてまっすぐに走っていくボールの様子が可笑しくて、ヒロシもぼんやりとゲームを眺めた。

「ヒロシ」

ゲームだけを見つめているように見えたヤンさんが、アクセントのちょっと変なことばで突然呼びかけた。

「え？」

少し驚きながらヒロシがヤンさんの顔を見ると、ヤンさんはテーブルの中を動くボールを見つめたままで、まるでそこにヒロシなんかいないような感じで言った。

「あのコはダメね」

ヒロシは一瞬、二の句が継げなかった。あせって少し吃りながら、ヒロシはやっとのことで言った。

「どういう意味？」

ヤンさんはやっぱりひとり言のような感じで、けれどぴしゃりと言った。

「とにかくダメね」

そうしてヤンさんは押し黙ってしまった。ヤンさんの横顔はなんだか妙に重い感じで、ヒロシも黙らざるを得なかった。

ミーハーの明夫がいつの間にか暁子の友だちの女の子と仲良くなっていて、いつものようにエアコンに寄りかかって話をしている。ヒロシがぼんやりとそっちのほうを見ていると、ふと目が合った拍子に明夫が話しかけてきた。

「来週パブリック・エネミー来るんだって知ってる？」

「うん。聞いた」

「信じらんないと思わない？　俺アルバム持って来てサインしてもらおう」

ヒロシはハハ、と笑って明夫のそばの女の子と顔を見合わせた。女の子も呆れた感じで微笑んだ。

「先週、悪かったな」

ヒロシは女の子に話しかけた。

「え？」

「車かっぱらっちゃって……」

「ああ、暁子の……」

女の子は合点がいったというように頷き、それから続けて言った。

「いいよ、別に。あたしも車で来てたから……」

「じゃ、二台で来てたの？」

「ううん、四台。先週はみんな車だった」

女の子はこともなげに言って手をヒラヒラと振った。ヒロシは「へえ」と呟くように言ってから、さっきのヤンさんのことばが頭の中でヒリヒリと再生されるのを感じた。

――あのコはダメね……。

ヤンさんが「あのコ」と言ったのは恐らく、いやほぼ確実に暁子のことを指している。ダメだというのはどういうことだろう。

「判ンねえの……」

誰にも聞こえないくらいの声で呟くように言ったのに、すぐそばから「何が？」と訊かれた。いつの間にか暁子がすぐ隣りに立っていて、グラスを片手に笑いながらヒロシを見あげている。

「おう」

ヒロシも笑ってそう言うと、片腕を暁子の首に廻して乱暴に引き寄せた。

「こぼれるこぼれる」

暁子は華やかな声で叫ぶように言って、けれどヒロシの脇にぴったりと頬を寄せた。


その夜も暁子は、青い車でヒロシを坂道の上まで送ってくれた。幼稚園の前で暁子が車を止めたとき、ヒロシは言った。

「今日はコーヒーは要らないの」

「え？」

暁子は一瞬、何のことか判らないという表情になって顔をしかめた。憶えていないのかとさすがに驚いたが、すぐに暁子は思い出したように「ああ」と呟いた。

「思い出した？」

「憶えてたわよ」

暁子は頬をぷっとふくらませてそう言い、それから付け足すように小声で言った。

「今日は……いいの」

「ふうん」

そう言ってはみたものの、なんとなく物足りなくて車を降りかねていると、暁子は何か言いかけて口を開け、そうしてから思い直したように黙って前を向いた。

「じゃあさ……」

ヒロシが言うと、暁子は振り向いて、いつかと同じあのちょっとズルそうな目をした。

「じゃあ、今日の日曜日に会おうか」

「今日の日曜日？」

「そう。もう今日になっちゃってンじゃん」

暁子は笑顔で外を見た。坂のむこうの住宅街の上にある空は、だんだんに白みかけている。

「いいわ」

暁子は答えてエンジンをかけた。青い後ろ姿は、坂の傾斜のむこうにすぐ見えなくなった。

日曜日の夕方、ヒロシは言われたとおり都内にある私鉄の駅の西口へ行った。古い駅舎の真ん前に突っ立って、ロータリーの中にある噴水をぼんやり眺めていると、短いクラクションが数回続けて鳴った。

暁子の車がロータリーに滑りこんで来て、ヒロシの前に止まった。

「やあ」

窓を開けて顔を出した暁子は、わざとそんなふうに言った。

「やあ」

ヒロシもそう答えて助手席に乗りこんだ。

青いサンタナはロータリーをぐるっと廻ってから、ロータリーを中心として放射線状に延びている並木道の、いちばん右を選んだ。

色づきはじめた銀杏が窓の外を流れていくのを見ているうちに、車は並木道を抜けて大通りへと進んだ。大通りを左折してしばらく走ってから、暁子が左手でカセットを押しこみながら訊いた。

「どこへ行く？」

道の左側に、塀に囲まれたただっ広い空間があって、内側に太い円柱が間の抜けた感じで突っ立っているのが見える。

「あれ何？」

ヒロシは暁子の問いには答えずにそう言った。暁子はちらりと横目で左側を見てから答えた。

「浄水場」

「浄水場？　こんなとこに？」

「そう。今はもう使ってないらしいけど」

三車線の道はわりあい空いていて、左側に続く古い浄水場のせいか、このあたりの道の雰囲気はやけに広々としている。ヒロシは妙に満足した気持ちになってシートに身をうずめ、今度は逆に訊いた。

「さて、どこへ行こうか」

暁子は笑顔を見せて何か言いかけたが、急に思いついたように「おなかは？」と訊いた。

「空いてない。三時に朝メシ食ったばっかだもん」

「『朝メシ』ね」

暁子が呆れたようにそう言うので、ヒロシが「あんたは何時に起きたんだよ」と言うと、暁子はちょっとのあいだ沈黙してから答えた。

「……三時」

「俺は三時にはもう起きてメシ食ってたンだぜ。あんたは三時にやっと起き出したんじゃん」

「首都高の上で振り落とすわよ」

暁子は横目でヒロシを睨みつけながら言って、それから考えついたような明るい声になって言った。

「首都高一周しようか」

暁子のサンタナは大通りをずっと北上し、用賀から高速道路に乗った。首都高に入ると暁子はさっきまで流していたコステロのテープを取り出し、左手でしばらく別のテープを探ってからヒロシに言った。

「マクセルの……、なんか古い感じのテープそのへんにない？」

「マクセル？」

暁子が手探りしていたあたりをヒロシがひとつひとつ見ていってみると、暁子の捜しているらしい奴があった。「これ？」と訊いてから、ヒロシはそのカセットテープをデッキに押しこんだ。

急に振動が――それはたぶん、振動と呼んでいいものだとヒロシは思った――身体の芯の方から伝わって、ヒロシはギクリとした。おそろしく元気の良い、それでいて不健康なような妙にハイな音が響いてきていた。

「これ……、何？」

おそらくそのときのヒロシの声は、ありありと不快感を感じさせるものだった。けれど暁子はそのことには気付かず、――もしかしたら気付かないふりをしてヒロシのほうを見やった。

「高校のときに流行ってたの。嫌い？　こういうの」

それは確かに、数年前に流行った曲ではあった。ヒロシもまったく聴きおぼえがないわけではなかった。けれどそれは、ヒロシにとってはただ流行った曲以上の何ものでもなかった。

「好きなの？」

「特別好きってワケじゃないけどさ。なんか時代っぽくっていいじゃない」

「そう……」

ヒロシはそれ以上もう何も言わずに前を見た。ゆるやかな曲線を描きながら続く道路の一列に並んだ灯りが、ちょっと芝居がかって感じられるほど綺麗だった。

不意に言いあらわすことのできない違和感が、頭の先から足の先までをつらぬくようによぎった。原因の判らない不安な気持ちが、ヒロシの身体をシートから浮かすようだった。

車は環状線をぐるりと廻り、それから目黒線に入っていった。暁子はしばらく走って高速を降りた。出口を示すグリーンの表示板に天現寺という文字が見えた。

天現寺の交差点を、暁子は右に折れる。もう黄昏どきはとっくに過ぎた。いぎたない女のように未練たっぷりにまだ去りかねている夏は、暗くなった初秋の空の上あたりにしつこくへばりついているようだ。窓を開けると粘り気のある夏の気配が、湿った風と一緒になって頬を撫でた。

「そろそろお腹が空いてくるころじゃない？」

赤信号に車を止めた暁子が、笑いながら振り向いてそう訊いた。

ヒロシはひどく無邪気に見えた、そんな暁子の笑顔に報いようとするかのように、さっきから自分のまわりを覆っている不安感を無理に押しのけながら「ああ」と答えた。

サンタナは右折した道をそのまままっすぐ進んでいった。助手席の窓から、レンガ造りのスーパーマーケットとその一階にしつらえられたやはりレンガの遊歩道が見える。遊歩道の内側にはフライドチキン屋やアイスクリーム屋が並び、日曜日の買いもの帰りの家族連れがそれらの店々の脇をそぞろ歩いていた。

小さな男の子が父親に肩車され、玩具のような手にしっかりと風船を握っている。七つくらいに見える女の子は片手で母親の手を握り、もう片方の手にはべとべとになりかけたアイスクリームのコーンを持っている。

ヒロシはぼんやりと、流れてゆくそんな光景を眺めていた。まるで違う世界に連れこまれていくような、奇妙な思いが胸をよぎった。

駅前の雑踏を過ぎると、両脇には高いビルが立ち並ぶようになった。道は多少混んではいたが、苛々するほどの渋滞には出遭わなかった。やがて車は大きな交差点を通り過ぎ、その交差点をやり過ごしたところで暁子は車を左に寄せて駐めた。

「そこの上。タコスがおいしいの」

暁子はそう言ってキイを抜く。

地下へ続く階段が黒いテントで囲われているビルの二階に、やんわりと明るい光の浅れるガラスの壁面があった。ぶら下がった色鮮やかな旗に横文字の店名がちらりと見える。

暁子は先に立って歩き、真鍮《しんちゅう》の扉を押した。上り階段の色タイルが、さっき見えた穏やかな灯りの色とは裏腹に、妙になまめいて見えた。

ヒロシと暁子は窓際のテーブルに席を取り、向かいあって坐った。ほの明るい部分照明の中で暁子の顔を見つめると、暁子もあの黒い目でヒロシを見返した。絵美が暁子を「キレイだったから話しかけたかった」と言っていたのを思い出さないわけにはいかなかった。

「なんか変な感じ」

見つめあいに先に負けたヒロシが、背中を椅子にもたせながら呟くと、暁子はパフンというように笑った。

「そうね……。変な感じ」

「何が？」

「あなたが先に言ったんじゃない」

「訊いたのは俺が先じゃん」

「意地悪ね」

「何が変な感じなのか教えてよ」

「あなたと……、ヒロシとここに坐ってることが」

晩子は照れたように下を向きながら答えた。けれど次に顔をあげたときの暁子の瞳は、いつか見たのと同じハツカネズミのように光っていた。

「……」

ヒロシは暁子のそのことばには何も答えず、ただ口もとに曖昧な笑いを浮かべながら暁子を睨むように見た。

——俺が変な感じと言ったのは、ふたりでこうして坐ってるってことよりもむしろ、俺自身がここにいることについてだ……。

さっきの黒服のウェイターがやって来て、ホウレンソウのサラダとビールをテーブルの上に置いた。

食べながらヒロシは話題を探している自分に気付く。そんな自分にイヤ気がさして、もうヤメにしようと考えた矢先、ふと、あの夢の話をこの女にしてみようかという気が起こった。

ところが暁子は、ヒロシが話しはじめてすぐに、驚かせるようなことばを口にしたのだった。

「あー、そういうのあたしもよく見る」

「へえっ」

「判るわよ。普段歩いてるときの視点よりちょっと高いあたりを……、まあ、飛んでる、んだけど、でも飛ぶっていうよりは平泳ぎに近い感覚なのよね」

「そうそう。あんたもあれを見るの、それはなんか……意外だな」

「どうしてよ。でもあれってコワイんだ、あたし」

「え——？」

暁子は大きなホウレンソウの葉を一枚、丸めこんで口に入れ、それをごくんと飲み下してから言った。

「だってさ、なんていうの。ホラ、まわりの人がみんな死んでる感じじゃない」

「死んでる……？」

「うん。普通に動いたりはしてるんだけど、なんとなくロウ人形っぽいっていうか……。こっちのほう見ないしさ」

泳ぐように空を飛ぶ夢の中の人たちを、ロウ人形のようだと思ったことはないが、ヒロシの夢の中でも彼らがこちらにまったく無関心なのは同じである。

「まあ、こっちを見ないってのは俺の夢も同じだけど……」

「コワくない？　それって」

「コワイって、どうして？」

「だってさ、あたしなんかいないみたいで……」

メキシコのビールはおかしな味がする。ヒロシは鼻に抜ける独特の匂いを感じた。ここまで似通った夢を、別の人間が見るだなんてあり得ることなのだろうかと思う。

その夢の中で、快いとさえ感じる人びとの無関心を、この女は怖いのだと言う。不意に、さっき高速を走る車の中で聴いたあの曲を思い出した。数年前に流行ったけれどもうタイトルは忘れてしまった曲の数々は、ヒロシの中で何かを感じさせた。その何かと今の話が、つながりそうでつながらない。

ふと向かいの暁子を見ると、二枚目のタコスにアボガドのディップをたっぷり塗りたくって、チキンをはさんで頰ばっているところだった。目が合うと暁子は、口を動かし続けたまま照れたように笑った。

めいっぱい口にものを頰ばったままの微笑みはちょっと色っぽくていい感じだったけれど、ヒロシはそれと同時に、俺はこんなふうに、まるっきり無防備にものを食ったことがあるだろうか、などと考えた。

食べ終えて店を出ると、少しだけ酔った身体に九月の夜風はちょうど良かった。車に乗ってしまうと、暁子の横顔にはさっきの顔とはまた別の匂いがあった。

エンジンをかけると、エジェクトしておかなかったテープがいきなりかかった。

「嫌いだったら換えていいよ」

暁子はそう言ったが、ヒロシは首を振った。強制的にとは言わないまでも、この女と一緒にいるならこの曲を聴いていなければならないような気がして、なんだかひどく重苦しいのが自虐的に気持ち良かったりする。

その場で強引なUターンを切ったサンタナは来た道をしばらく戻り、高速道路の下を通って魚籃坂に出た。

第一京浜を、暁子はバカ正直に一直線に南下した。かなり時間がかかるだろうと思ったが、わりと早く見慣れた風景が見えてきた。

車はあの埋め立て地のすぐ脇を過ぎた。

「俺、あすこで働いてンだ」

驚くかと思ったが、暁子は「ふうん」と言っただけだった。

市庁通りに入ったところでヒロシが埠頭に行くかと訊いてみると、暁子は何も言わずに頷いた。

埠頭に入って車を駐めた。昼間の喧騒は嘘のようで、ただ真っ黒い海面がゆらんゆらんと遠い港の灯りを映している。

「どうして高速道路を使わなかったの」

ヒロシがさっきから不思議に思っていたことを訊ねてみると、暁子は一瞬口ごもってから答えた。

「だって……高速ってすぐ着いちゃうんだもん」

ヒロシはにやりとした。

「やあね。やな男よ、あんたって」

「ごめん」

ヒロシが即座に謝ると暁子は吹き出して、それから真面目な顔になった。

「ずるいのよ」

「うん、そうなんだ」

「会話にならないじゃない、そんなに素直に認めちゃ」

「事実だから」

ヒロシの声もこのあたりから笑いを含んでいたが、言いながらヒロシは思っていた。

——ほんとうにズルいのは、どっちか判んないぜ……。

黒い海面は音もなく揺れ続けている。昼のあいだそれはバカみたいに青くて、汚れているくせに青くて、波のひとつひとつが太陽の光を反射し、これでもかこれでもかというほどにヒロシの目を、肌を、髪を刺すのだ。

埋め立て地で働いているときヒロシはときたま——ほんとうにときたま、もう何もかも厭だという気分になることがある。そうしてそういう気分を起こさせるのは大抵の場合、このバカみたいに青くキラキラ輝く海なのである。

「……してみる？」

暁子が何か言ったので、ヒロシは我に返り、夜の黒い海面から目を離した。

「え、何？」

「運転、してみない？」

「……だって、免許持ってないよ」

「でも出来るんでしょ。オートマだもん、簡単よ」

「いいの？」

「うん。誰もいないし、平気だよ」

暁子はそう言うと車を降りた。ヒロシもつられたように車から降りて、運転席に移った。

車を運転したことは何度もある。石みたいに重いハンドルの古いバンで、公道を走ったこともあった。だからオートマチックで、しかもパワーステアリングのサンタナを動かすことくらい、免許がなくてもヒロシには簡単なことだった。それでも実際にハンドルを握ってみると、ヒロシは底知れない高揚感がぷくぷく湧きあがってくるのを感じた。目の前に、急坂が拓《ひら》けたように思った。そうしてヒロシは、ある企みを思いついた。

「この先にさ、突堤があるんだ。いちばんの海っぺりまで行けるぜ、行ってみる？」

「うん」

ヒロシは突堤へ向かってまっすぐに進んだ。こんなに軽い車を運転するのははじめてだと思った。

突堤は八十メートルくらいの長さで、車二台がやっとすれ違えるくらいの幅しかない。ずっと手前のほうから徐々にスピードをあげながら突っこむようにすると、坂道を自転車で下るときに似た快感を味わうことができる。ヒロシは友だちの車で、何度かそんなふうに走って遊んだことがあるのだ。

「何してるの！」

暁子が隣りで叫んだ。けれどヒロシは何も言わず、ますます速度をあげながら突堤をつっ走った。

「やめてーッ」

金切り声に近い暁子の叫びの、終わりのほうがかすれたあたりで車は軋みながら止まった。タイヤが鳴って、暁子の叫び声と共鳴した。

前輪と突堤の先端とのあいだには、もう三十センチもないだろう。ヒロシはひどく充ち足りた気持ちになって、笑いながら暁子の顔を見た。

暁子は目尻に涙さえ溜めていた。

「ごめん」

暁子がそれほど取り乱すとは思わなかったので、ヒロシは少し慌てて言った。けれど暁子は黙ったまま、ヒロシを睨むのをやめない。暁子のその表情はあんまり一生懸命で、ヒロシは可愛くなって暁子の肩を抱いた。

「ごめんごめんごめん」

胸に暁子をうずめながら、ヒロシは何かの歌の一節のように言った。

「ばか」

熱い息を洩らして暁子が言った。

「何なのよ、何考えてンのよ」

「バカなんだよ、俺……」

「ほんとよ、あんたってほんもののバカよ」

暁子はようやく落ち着いて、しゃくりあげるようにしていた息を止め、そうしてから深呼吸した。胸に感じる暁子の息は、タフタのようにシュッシュッとヒロシの心臓にこすれた。


——毎日だって会いたいんだもの。

昨夜《ゆうべ》暁子は、別れ際についにそう言った。ヒロシは今までのどんなコとも少し違う暁子に会う度に、近づいてはいけないと思いながらもギリギリのところまで惹《ひ》かれていきそうな自分を感じるのだ。

はじめて話した土曜の夜から二週間も経っていなかったし、好きかと訊かれればまだ判らないと答えるしかなかったけれど、でもヒロシは暁子に会うということを、自分の生活の中でのイベントにしているところがあった。

ヒロシにとって、暁子と過ごす時間は決して気楽ではなかった。それどころかその反対でさえあった。暁子と自分は戦っている、ヒロシはそんなふうに感じていた。

それでもヒロシは、突堤の夜から毎日のように暁子と会うことに抵抗を感じなかった。疲れないと言えば嘘になるが、けれど戦いはひどく楽しかったのだ。ヒロシには、暁子が何かに憑かれたみたいに自分を追いかけるのも、彼女一流の戦術に思える。

小動物のようにすばしこくて、少しずるくて、暁子に油断してはいけない。気を許してはいけない。真剣にそんなことを考えられるから、暁子との戦いを楽しいと感じるのかも知れない。

だからヒロシは、ときどき思い出すヤンさんのことばと、ともすればそれを認めて頷いてしまいそうになる自分自身を誤魔化しながら——時おり感じる戸惑いと不安がヤンさんのことばを証明しているのだと考えそうになるのを欺しながら、戦争に酔う自分を楽しんだ。

パブリック・エネミーのライヴがあるという翌週の土曜も、ヒロシは〝リューイ〟に行った。暁子は今日は真っ赤なワンピースを着て、入って来たヒロシと目が合うとにやっとしてグラスを目の高さにあげた。

明夫は頭にバンダナを巻いて、ときどき「ぎゃあッ」と喚きながらヤンさんを相手にゲームをしていた。もの凄くラッキーだったという場合を除いて、実力でヤンさんに勝ったことのある奴はまだいない。剛《つよし》の姿は見えなかった。

何気なく暁子の隣りに行こうとしたときに絵美につかまった。

「ヒロシい」

「おう、元気？」

「ねーえ。九時に来るっていうから、あたしなんか珍しく八時半に来て待ってンのに、まだ来ないんだよ、信じらんないと思わない？」

「何の話してんの」

「だからあ、パブリック・エネミー」

「ああ……」

「明夫なんてさあ、八時前に来てンだよオ。ひどいよねえ」

「まあ、いい加減だからな……」

絵美はふくれっ面をして、ちょうどいいところに通りかかった西崎をつかまえて、ほんとうに来るのかどうかと責めたてた。そんなことを西崎が知っているわけはなくて、やはり西崎は「判ンねえよお、もっとエラい奴に訊いてくれよお」とか何とか言いながら、絵美をなだめている。ヒロシは絵美が西崎にからんでいるすきに絵美から離れた。

フーズボールのテーブルのまわりへ行くと、ヤンさんと明夫の勝負が終わったところで、明夫が悔しそうにハンドルをぐるっと力まかせに廻してテーブルを震わせていた。

「来ないんだって？」

通り過ぎるときに明夫に声をかけると、明夫は顔をしかめて頷いた。

「やあ」

隣りに身体をすべりこませて壁にもたれかかると、暁子はヒロシの顔を見ずに言った。ヒロシは「やあ」と答えるかわりに、指で暁子の脇腹のあたりをつついた。キュッと声を洩らして暁子が身体をよじるようにすると、暁子のむこう側に立っている男が驚いたように振り返った。

「なんでもない」

暁子は笑いながらその男に向かってヒラヒラと手を振った。

男は街でごろごろ見かけるような感じで、よく陽灼けしてスウェット地のパーカーをだらしなく着ている。

ヒロシは声を低めて訊いた。

「友だち？」

「うん。偶然会ったの」

「へえ……」

「学校の友だちなんだ――。ねえ!」

暁子は「ねえ」の部分だけその男の方に向かって言い、男のパーカーの肘の部分をつまむようにして引っ張った。

「友だち。ヒロシ。それとね……、サカモト君」

ヒロシは「サカモト君」に向かってちょっと頭を下げ、「どうも」と口の中で言った。男は口をすぼめて何度か頷いた。

それからヒロシは、じっくりとその男を観察した。――見方を変えれば高校生と言われても判らない。いっときはワカモノたちの制服のようになっていたニューバランスのハイカットをはいて、肉付きの良い灼けた肌に白いTシャツがはりついているように見える。

一昨年《おととし》あたりから、こういう感じの男たちが〝リューイ〟にも来るようになったけれど、ひと言でいえばヒロシのいちばん嫌いなタイプの連中のひとりだった。というよりも、俺には全然関係ないと思ってしまう感じの奴なのだ。

ヒロシはなんとなくその場を離れて、手もちぶさたな感じで突っ立っていた明夫の隣りに立った。明夫は珍しくひどくつまらなそうな顔をして、口の中で小さな舌打ちを繰り返していた。そろそろ真夜中に近い。ライヴを楽しみにしていたらしい明夫の気持ちは、ヒロシにも判る。

「剛《つよし》、来てねえな」

先週、妙な感じで酔っぱらって自分の車の中で吐いたと言っていた剛を思い出して、ヒロシはぼそりと言った。

「うん……」

明夫はそんなことはどうでもいいという感じで答えた。

ドライアイスと煙草の煙、その他のいろんな匂いが混じって、店の中の空気は淀んでいる。淀んだ空気の中でたくさんの人間たちの動作はスローモーションのように見えた。ヒロシはどうということもなく溜息をついた。目の前にある、ぐちゃぐちゃにすべてのものが入り混じって淀んでいる光景は、自分のバックグラウンドそのものだという気が、ちらりとした。

「ヒロシくーん」

珍しく酔っているらしい健ちゃんが、今夜はやけにキバった格好をして近づいて来た。だらしなく肩を組んで健ちゃんがもたれかかっている相手は、ついこの前健ちゃんが「うざい」と言っていたユリだった。

ユリはなんだかいつもよりキレイで、こちらも普段はほとんど着ない鮮やかな紫色のワンピースを着ている。

「どしたの、おしゃれしちゃって」

明夫とヒロシがほぼ同時に同じようなことを訊くと、健ちゃんとユリは何が可笑しいのかケラケラと笑った。笑いながら健ちゃんがほぼ全体重をユリにかけるようにしたので、ユリは少しよろけてヒロシの肩に手をついた。そうしながらも笑い続けていた。

健ちゃんは空いたほうの手でブラブラぶら下げていた6パックのバドワイザーをちぎり取るように外して、明夫とヒロシに一本ずつ投げてよこした。

「サンキュー」

明夫とヒロシは取りあえず礼を言って缶を受け取ったが、ブラブラ振りまわされた挙句、投げてよこされた缶のプルトップに手をかけるのが怖くて、しばらく生ぬるい缶を持ったままでいた。

「飲めよオ」

酔っ払いの健ちゃんが催促する。ヒロシと明夫は顔を見合わせた。

「ピシューッと……、いくよな、コレ」

「うん。だろうな……」

すると健ちゃんは、いきなりふたりの缶を奪い取って、シェーカーを振るみたいに二本一緒に缶を振りまくった。啞然としているふたりに、健ちゃんはとんでもないことになった缶をもういちど投げてよこした。そうして健ちゃんは、にやりとして言った。

「いけいけェ、今日はお祝いなんだから何だって派手なほうがいいんだ」

「お祝い？」

「そッ」

健ちゃんはヤケクソのような感じで頷き、ユリの肩を抱いた。ケラケラ笑っていたユリは、ちょっとのあいだ真面目な表情になり、上目づかいにヒロシと明夫を見た。

「何のお祝いよ？」

「式の日取りとかさ、今日決めてきたんだ」

「……？」

「結婚式。俺たちの」

「えッ」

明夫とヒロシは同時に叫んだ。

「籍は入ってたんだけどさあ、前から。入籍から一年で式って、なんか芸能人みたいでカッコいいだろ」

「ええッ」

ヒロシはもういちど驚いた。

明夫はヒロシを肘でつつき、ビールの缶を健ちゃんたちのほうへ向けて言った。

「じゃあ、おめでとう」

ふたりで同時に缶を開けると、一直線に吹き出た泡が健ちゃんとユリの服を濡らした。

うひゃひゃ、と健ちゃんは笑いころげ、「つめてえつめてえ」と叫んでユリを抱きしめキスをした。

「知ってたの、明夫」

健ちゃんたちがいなくなってからヒロシが訊くと、明夫は意外そうな顔で言った。

「ヒロシ知らなかったの」

「結婚してたって？」

「うん」

「だって健ちゃん、俺にはユリのことウルセエだとか何とかいろいろ言ってたンだぜ」

「健ちゃんってそういうとこあるじゃん」

「ひえーっ、ワケ判ンねえ」

ヒロシがほんとうに驚いてそう言うと、明夫はなんだか急に醒めた口調になって言った。

「みんな……、ワケ判ンねえ奴ばっかじゃん……」

明夫のことばに、ヒロシはわけもなくひどくつまらない気持ちになり、「ふん」と曖昧に返事をして店の中を見廻した。

籍まで入っている正式な「夫」が毎週土曜日、自分を放っぽってこんなところへ来ていれば、ユリがついて来るようになるのもあたり前だと思った。それでもヒロシの知っているユリは、土曜の夜の〝リューイ〟で黒人と踊ったりしていたし、健ちゃんにしたって丸めこんだ女のコの数はヒロシの知っているだけでも片手では足らない。結局あのふたりは、ふたりのあいだだけに暗黙の了解として通じているルールにのっとって、ゲームをしていたのかも知れない。

みんなそれぞれに自分だけの「事情」があって、グラス片手に踊っているときだけはそんな「事情」から自分を解き放ち、何も知らない、何も判らない判りたくないふりをしている。簡単で、何にも抑制されることはなくて、そうしてそれはひどく楽だ。

ヒロシは踵を返して、フーズボールのまわりでさっきの男とくっちゃべっている暁子に近寄っていった。原因不明の泡立つ衝動が身体中を駆けめぐる。たまらなく、暁子を抱きたいと思った。

サカモトは近づいて来たヒロシに気付くと暁子の肩を叩いてそれを知らせ、振り向いた暁子はヒロシの顔を見て微笑んだ。ヒロシは暁子の腕を摑むようにして引き寄せた。

「痛いよ、どうしたの」

顔をしかめながら言う暁子の頰に、口唇をくっつけるようにしてヒロシは言った。

「お前今日何時に帰るんだよ」

「決めてない。どうして？　送ってほしいの？」

「してえンだよ」

心もちうつむいていた暁子は、ヒロシのことばを聞いて無表情に顔をあげた。横顔は陶器の白さだった。

「いいよ」

暁子は人形のような顔のままで答えた。

パブリック・エネミーは、その夜結局来なかった。

不安な気持ちの種子《たね》が、あちこちに散らばっている。それらを線でつなげば、あるいは気持ちの輪郭が見えてくるのかも知れないとも思う。けれどいくつもある種子はつながりそうでつながらない。

暁子を抱いてみても、いや抱いたからますます、合致しない「何か」はヒロシの中でくすぶり続けた。

ヒロシは暁子と一緒に過ごした数少ない場面のひとつひとつを、胸の中で再生してみる。

高速道路を走りながら聴いた曲、真鍮の扉からうねうねと続くピンク色の階段。――あんたってほんもののバカよ……。これは暁子の言ったことばだ。突堤を突っ走って海面の直前で止まったとき、暁子は心底からの口調でそう言った。

仰向けに寝そべって天井を見つめながら、ヒロシは溜息をつく。

自分が生きていく上で、いちばん得なところはヒロシが自身の身体の中に内蔵している曖昧さだと思っていた。曖昧な瞳の色、曖昧な肌の色、曖昧な髪の色――。小さなころは、たとえば祖母から憎まれる原因になったそれらのものは、年齢《とし》を重ねるにつれて利点になっていった。

誰とでも簡単に馴れあってゆける融点の低さを、ヒロシはずっと持ち続けていた。埠頭で一緒に働いていたオッサン、居酒屋の主人夫婦、あるいは絵美やヤンさんや健ちゃんたちは、ヒロシと同じ地点ですんなりと融けあってくれた。

けれど今のヒロシは、――少なくとも暁子と一緒にいるときは――自分の融点の低さを邪魔に感じる。無意識のうちに、自分の中のいちばん確実な「芯」はどこかと探っていたりする。

〝リューイ〟にニックが戻って来たのは、パブリック・エネミーが約束を破った次の週のことだった。

丸っきりの日本人なのになぜかニックという名で呼ばれている彼は、とても陽気で気さくな男で、殊に女の子たちに人気があった。しばらく姿を見せなかったのはハワイに行っているのだとかいう噂もあったが、ほんとうのことは誰も知らない。

とにかく陽に灼けたヒゲ面の笑顔がＤＪブースにあらわれると、フロアからは歓声があがった。

「ニック帰って来たんじゃん」

フーズボールのまわりに溜まっていた連中のあいだからも、そんな声が聞こえた。ヒロシも久しぶりに浮き立つような気分になった。ニックのことだから、何かやらかしてくれるに違いない。

剛《つよし》は今週も姿を見せない。先週はじめて顔を見た「サカモト君」が、今夜は似たような奴らを引きつれてやって来ていた。

前日の金曜日にバイト先までヒロシを迎えに来てくれた暁子は、涼しい顔をしてバドワイザーを片手にフーズボールのテーブルを眺めている。ヒロシは暁子の頭をポンと叩いて、腰に軽く手を廻した。

「アイツ来てンじゃん、サカモトだっけ」

「うん。気に入っちゃったみたいね」

暁子はウルサそうに顔をしかめた。

サカモトの友人関係はいかにもという感じで、みんな決められたように同じ格好をしていて、ヒロシには可笑しくさえ感じられた。

昨夜《ゆうべ》、ヒロシと暁子はまたあの突堤へ行った。

――すごく刹那的よね。

――何が……?

——あなたがよ。

——俺？　どうして。

——何て言ったらいいか判んないけど……。でも死んじゃったらオシマイじゃない。

ゆらんゆらんと灯りを映す黒い波を見つめながら、暁子はそんなことを言った。そうして暁子は、言ってしまってから後悔しているように口唇を噛んだ。

二度目のチークタイムが始まると、ニックはブースから降りて来た。フーズボールのテーブルではヤンさんがニヤニヤ笑いながら、降りて来たニックに手招きしている。ニックもイヒヒ、と笑いながら、招かれるままにテーブルに近づいて行った。

たぶん常連たち全部の中で、ヤンさんの次に上手いのはニックである。みんなはざわめきながら、興味津々という感じでテーブルのまわりに集まって来た。

もの凄い接戦だった。それでも結局はヤンさんが勝った。ニックは「久しぶりにしてはよくやった方だよなっ」と、まわり中の人間に同意を求めまくりながらブースの方へ戻りかけ、その途中でヒロシを見付けてヒロシに抱きついてきた。

ニックに覆いかぶさるようにされたヒロシは、強い香水の匂いにむせながらニックの肩を叩いた。

「元気い」

「元気元気。ニック何やってたの」

「うん、マカオでオカマやってた」

「何言ってンだよオ」

「マカオのオカマ。上から読んでも下から読んでもマカオのオカマ」

ニックの下らないシャレに、暁子もヒロシと一緒に思いきり吹き出した。ニックはそこではじめて暁子に気付いたようで、やっとヒロシの身体を解放するとヒロシと暁子の顔を交互に見やった。

「ボクこのコはじめてだ」

「ああ。暁子——ちゃん、です」

「ヒロシの？」

ニックはにやりとして、好奇心丸出しの口調で訊いた。

「いや、そういうワケじゃないけどさ」

「かわいいのね、ヨロシクね」

ニックがそう言いながら暁子に手を差しのべると、暁子は一瞬ためらったような表情をしてからニックの手を握った。

「何か違うじゃん。ダメだよヒロシ、こういうコをこういうとこに引っ張りこんで来ちゃ……」

「俺が引っ張りこんだんじゃないよ。俺は引っ張りこまれたほう」

「嘘よ」

暁子がヒロシのことばに即座に真面目な顔で応じたので、ニックはほんとうに可笑しそうに上を向いてカラカラ笑った。

チークが終わりかけている。ニックは暁子に手を振ると、「さあ、じゃあ何か一発かましてみようかあ」と大声で言いながらブースに戻って行った。

「怒ってるんでしょ」

ニックが去ると、隣りで暁子がそれこそ怒っているのではないかという感じでポツリと言った。思いがけないことばにヒロシが振り返ると、暁子はヒロシの方は見ずに前を向いているのだった。

「どうして」

「昨日のこと――」

「昨日……？　何か怒られるようなことしたっけ」

「ほんとに怒ってない？」

ヒロシがほんとうに何も判っていないらしいということを感じ取ると、暁子はやっとヒロシの方を向いた。上目づかいにヒロシを睨むようにして見た暁子の瞳の中には、まるで少女漫画の主人公のような星があった。

そのときヒロシは急に、「昨日のこと」が何であるかを悟った。

——死んじゃったらオシマイじゃない……。

突堤で黒い海を見つめながら言った、あのことばのことだ。

バツン、バツンというような音が胃袋のあたりで起こり、ヒロシはハッとした。ああ、そうか。そうだったんだよな。——ヒロシは呟きかけた。

けれどその瞬間、ニックの声がフロアに大きく響いた。ごちゃごちゃの人いきれとざわめきの中で、しかもマイクを通してガラガラに割れたニックの声はほとんど聞き取れなかったけれど、「久しぶりに帰って来たし」ということばと「ジョークジョーク」ということばだけが辛うじて耳に入った。

店の中にいるほとんどすべての人間が、棒立ちになって信じられないという表情でブースの方に目を向けた。

ニックが選んだ曲は、少なくとも〝リューイ〟では、暗黙の了解の上で絶対にかからない種類の曲だった。

呆然とした静寂が続いたのは、二、三秒で、次には爆笑と歓声が同時に湧き起こった。芸の細かいことに、ニックはどこから持って来たのかホイッスルを首に下げて、マイクにべたづけにして鳴らしまくった。

サカモトたちの集団が、一列に並んでギャーギャーギャー騒ぎながら踊っていた。他の連中とは明らかに一線を画して、取りあえずいちばん目立っていた。少なからず呆れながらサカモトたちを見つめていたヒロシは、ふと気付いて暁子のほうを見た。

暁子は——、ただフロアのほうを眺めながら、身体を動かすでもなくニックのジョークに笑うでもなく、踊っている連中を見つめているのだった。

明るくなったフロアのライトが映って、暁子の顔は白かった。すぐそばにいる暁子なのに、そのときのふたりの間には何十メートルもの距離があった。ヒロシの心臓がばくばく鳴った。——そうだよな、そうだったんだよ。ヒロシはついさっき呑みこんでしまった呟きを、口の中で転がしてみる。

暁子がサカモトたちを見つめているのは、サカモトたちのまわりにある「空気」を見つめているのだ。だしぬけに、コールド負けをしたような、おかしな虚脱感が身体を包んだ。

ひどい音とひどい匂いの中に突っ立っているヒロシの内側で、ある感覚が鮮やかなくらいに甦る。

身を切り刻むような疾風、切り落とされそうな耳。叫びながら、悲しいほどにスピードをあげて回転をし続ける銀色の車輪。あと一秒、あと一秒で俺は死んでしまうかも知れない。

「そうだったんだよ、すげえ簡単じゃん」

今度ははっきりと声にして呟いた。暁子はそれには気付かずに、さっきから動かないままでフロアの方を見つめている。

いくつもの面を、幾重ものセロハンで包んだような暁子なのに——そうして、だから彼女はあんなに魅力的だったのだ——ニックがジョークだと言って選んだ曲が流れたときに、はじめてその剝き出しの表情をヒロシの前で見せた。

剛《つよし》はとうとう、もの凄く酔っぱらって車の中で吐いたと言ったあの夜から、一度も顔を見せなかった。けれどそれに気付く者はあまりいない。ヒロシでさえ、だんだんに忘れていった。

でも、もしも剛がある夜突然戻って来て、全然変わらない感じで「元気イ?」などと言ったら、みんなもやっぱり全然変わらない調子で「久しぶりじゃん」とか言い合いながら、また煙草の火を貸してやったりするのだろうと思う。

健ちゃんとユリは二週間に一回くらいの感じで相変わらずやって来ている。健ちゃんはヒロシの顔を見る度に、ユリには判らないように「たまンねえぜ」みたいな表情をする。それでも何だかんだ言いながら結構うまくいっているらしいということは、訊かなくても判る。

ヤンさんも相変わらずだ。十年前からまるで変わっていないのではないかと思わせるような顔で、ときどき目を意地悪く光らせながら、陽気なマヌケ面をしたアメリカ人たちとフーズボールを楽しんでいる。明夫も毎週やって来ては、ヤンさんに負けて「来週こそは必ず勝つ」なんて言っている。

秋が深くなって、そろそろジャケットなしでは肌寒く感じるころから、暁子は〝リューイ〟にはまったく顔を見せないようになった。少しも胸のあたりに痛みを感じないといえば、やはりそれは嘘になってしまうけれど、それでもヒロシはたとえば剛のことと同じように、暁子のこともそのうちに自分の中で薄れていくような気がする。

ここは何でもアリだからいいのだ、と、はじめて会った夜暁子は言った。

その通りだろうな。——今のヒロシにはそう思える。聞いたときには不思議な感じを味わったのだったけれど。

ここはこの町の湿地帯だ。いろんな人種がいろんな奴らを引きつれてやって来て、誰が何をしようが、何を言おうが、そんなことはみんな構っちゃいない。

混沌として淀んでいて、ときどき気分さえ悪くなる。暁子にとってみればそれは、ひどく魅力的な腐る寸前の果実のような匂いがしたのかも知れない。

そうしてヒロシにとっては、——好むと好まざるとにかかわらず、ここは生きていくためのたったひとつの場所である。

サカモトは暁子の言ったとおり「気に入っちゃった」らしく、ときどき友だちを引きつれてやって来ている。ヒロシと目が合うと「おッ」とか言いながら口をすぼめて挨拶してきたりもする。けれど奴は、やって来ては半年くらいで顔を見ないようになる、よくいる連中のひとりだろうとヒロシは思う。奴もおそらく、腐りかけるほどに熟れた甘い匂いに興味をそそられているにすぎない。

腐りかけた果実は所詮腐りかけているだけで、もうあとはないのだ。

——もう会えない。

車を降りてからヒロシは言った。

暁子は瞬間、ほんとうにほんの一瞬のあいだだけ、泣きそうな顔をした。そうして暁子はいつか見たあの陶器のような顔を取り戻し、何も言わずに頷いた。もしかしたら暁子も、熟れきった果実はあとは腐っていくだけだということに気付きかけていたのかも知れない。

——でも、どうして……。

それでも暁子は、エンジンをかける前に呟くように言った。ヒロシは聞こえないふりをして車の扉を閉めた。

鈍く光る青い車は、ほんの二、三秒ためらってから勢いよく走り出した。きれいに磨かれたこの車だけでも、暁子の問いに充分答えられるものだとヒロシは思った。だんだんに遠ざかっていく車の後ろ姿を見つめながら、ヒロシは独り言ちた。

——だってさ……。

サンタナは坂の下へ吸いこまれるように下っていき、どんづまりでウィンカーを点滅させ、やがて見えなくなった。

——だって、俺あんたの好きな曲じゃ踊れないもん……。

自分の曖昧さがそのまま通じるのは、やっぱり曖昧な、ごちゃごちゃな中で生きてきた人たちに対してだけなのだ。自分のあやふやな部分でくれる世界はほんの小さなものので、けれどヒロシはそこで暮らしていくしかない。

自転車ごと車に轢《ひ》かれる自分を想像して快感に浸るのは、確かにいい趣味とは言えないけれど、それでも「死んじまったっていい」と思えるような悦びは、絶対にあると思う。

自らの身体ですらも犠牲にしてしまうような切ない愉しみを、バカだと言いきってしまえる背景に、たとえば「幸福な家庭」とか「健全な精神」とかがあるのかも知れない。けれどもう、そんなことはどうでもいい。なけなしの自分の中に最後にひとつだけ残った「肉体」さえも投げ出して得る快感をバカだと言うのは、ヒロシにとっては傲慢でしかない。

もうずっと前から、たぶん生まれたときから、ヒロシには選択なんてことばは用意されていなくて、それはこれからも変わらないだろうと思う。生きていくのはイヤだと言う気もないので、ヒロシは取りあえず暮らしていっている。十九年前から、自分をもう一度作りなおしていくなんて、できるわけがない。何もかもクソくらえだ、そう思うときもあるけれどひどく陽気な気持ちでいられる日だってある。

ただ思うのは、あの夜見せた暁子の剝き出しの顔の、色づいた頰だ。ニックがジョークでかけた曲に笑いながら踊る人たちを見つめて、暁子はたぶん、ヒロシが見た中ではいちばん生きた表情をしていた。

あの女にはあの女の二十年間があったわけで、そうしてそれもただそれだけのことだ。

暁子の傲慢さを責めるつもりもない。

〝リューイ〟は今夜も、いろんな種類のいろんな奴らで混んでいる。外の寒さには関係なく、ここは淀んだ空気が湿度と温度を持ってひどく蒸し暑い。みんなコートの下は半袖だったりする。

フーズボールのテーブルの脇には、いつものように缶ビールを片手にゲームに見入っている絵美がいて、ヒロシを見つけて手を振ってきた。たぶんこの女は、ヒロシの曖昧さでくれる輪の内側にいるんじゃないかという気がする。

ちぎれるほどに尻尾を振って寄って来る小犬のような絵美の、肩を抱いたらオリーブオイルに似た匂いがした。ふと海を連想したら、昼間のギラギラ光る埋め立て地のむこうの海が浮かんできて、ヒロシは鼻の頭にシワを寄せて苦笑した。

ティーンエイジ・サマー

「なんか面白いことしようぜ」
これが昔からの、リンの口癖だった。

リンの本名は沢口凜《さとし》という。しかし小学校、中学校、高校と十二年間リンと一緒に過ごしてきた僕は、リンが本名で呼ばれるのを聞いたことがない。凜という難しい読み方の名前を、みんな音読みで呼んだ。先生でさえ、沢口という苗字でリンを呼ぶことは滅多になかった。だから僕にとっては、リンははじめから「リン」なのだった。

リンと僕と梶井、大野、それに今は東京にいない良ちゃんと浩次。みんな十二年間を同じ学校で過ごした仲間である。

高校を卒業したあと、浩次はひどいバカだったためどんな大学にも行けず、その上親が金持ちなものだから私費留学という名目でアメリカに逃亡を果たした。これは周囲のヒンシュクを買いまくった。

良ちゃんは高三からなぜだかひどく熱心に勉強をはじめ、邪魔する間もなく北大に合格してしまった。僕と梶井は似たようないくつかの大学を受験して、たまたま受かったのが同じ大学だったので——しかもお互い、合格したのはその一校だけで、今は同じ大学に通っている。大野は、合格した大学の学部校舎が八王子にあるため、八王子の学生専用ワンルームに住みはじめた。

そうしてリンはというと、さほど成績が悪かったわけではないのになぜか進学せず、今はひどくハードなアルバイトを続けている。

ともあれ僕たちに共通していることは、まもなく高校を卒業してはじめての夏を迎えようとしているということである。

大学というところは思っていた以上にいろんな奴がいて、僕は少なからずうんざりしている。般教《ぱんきょう》の出席の問題とか試験の際のことを考えれば知りあいは多いほうが絶対にトクなので、僕はとりあえず人あたり良く明るく過ごしてはいるが、学校は少なくとも僕にとっては決して楽しいところではない。

少なくとも僕にとっては、と言ったのは、つまりもの凄く楽しいと思っている奴もいるだろうということである。種々多様なところからやって来た種々多様な連中のいる社会では、なんだかひどく大ざっぱではあるがとにかく旺盛な欲を有したパワーがまかり通るということを、僕は大学に入ってから知った。その欲は好奇心という知識欲であるかも知れないし、食欲や性欲であるともいえた。

ともかく連中は、大学生になったら何かやらなくちゃ、という思いに取り憑かれているように僕には見えた。これまで僕たちが育み培ってきた「常識」が、連中には通用しなかった。そうしてそれこそが、僕をうんざりさせている原因なのだといえる。

だから僕は、基本的に大学の友人たちを信用していない。それはひどく大人げない考え方なのかも知れないが、僕は自分の「常識」を裏切ってまで連中と付きあいたいとは思わないのである。

そこまで言う「常識」とは何なのかと問われると、僕も非常に説明しづらいのだが、それはものの考え方や言動や、生活全般に関わっている何かなのだ。例えば連中には大学生になったらアソばなきゃ、という、なんだか新興宗教のような熱気に満ちた願望があって、それが僕には恥ずかしいし、ときどき怖いとさえ思う。

そういう連中はみんな判で捺したように必ずシステムダイアリーを持ち歩いていて、絶えず忙しい忙しいと言っている。忙しいと口に出すこと自体に快感をおぼえているようでもある。僕は秘かに、そういう連中を「大学デビュー」と呼んでいる。

高校のころ、いわゆる遊び人の先輩たちは僕にはカッコ良く見えた。それは彼らが、特有の空気を身のまわりに漂わせていて、それが素敵に見えたのだと思う。けれど今、大学で僕のまわりにゴロゴロいるような「アソばなきゃ」願望の連中は、決して素敵ではない。それはたぶん、アイツは親に十万仕送りしてもらっていて五万が家賃で出ていくから、バイトで五万稼いでいてそれでもわりと苦しいだろうな、などということを僕が知ってしまっているからかも知れない。

しかし連中のパワーにはもの凄いものがある。入学したてのころは何を思ったかDCのスーツをがっちり着こんで、でかい襟を恥ずかしげもなくジャケットの上に広げていたような奴が、ちょっと見ないあいだにいきなりキャメルストンのネックレスをして、破れたリーヴァイスにミネトンカのモカシンだったりする。

そんなことは些細なことだが、それでもやはり僕の「常識」には反することであった。そう言ったら僕はひどく偏屈なものわかりの悪い人間に思われるだろうか。

とにかく僕は、早く試験が終わって早く夏休みになるのを待っている。学校に行かなくてもいいというだけで嬉しいし、長い休みのあいだには僕の傷ついた「常識」も回復させることができるだろう。

「原田ア」

午前中の試験を終えて、どこで昼飯を食おうかと考えていたところで声をかけられた。メインストリートを図書館の方から駆けて来たのは梶井だった。

「お前、メシどこで食うの」

「別に……、どこでもいいよ」

「俺さ、今日車で来てンだ。どっか食いに行かない？」

「あ、それいい」

僕は梶井と連れだって正門を出た。梶井の白いアコードは、正門脇の大学の塀に沿ったところに駐められていた。

僕と梶井は学部が違うので、学校が同じでもそうしょっちゅう会えるわけではない。大学の中よりは、むしろ外で会うほうが多かった。リンは忙しそうでほとんど家にいないが、僕と梶井、それに八王子の大野は、わりと頻繁に会っている。さすがに高校のときのようにいつもつるんで遊びに行くわけにはいかなかったが。

そして僕と梶井は、会えば必ずといっていいほど大学の連中に関するかなり辛辣な噂話をした。

今日も梶井は、車に乗って走りはじめるなり口を開いた。

「〝アルフ〟の宮田って知ってっしょ」

「あ、うん」

やたら背が高いのと、学内のカフェテリアでいつも必要以上の大声で話しているのとで目立つ宮田という奴は、僕も口をきいたことはないが顔だけは判った。僕の頭の中では、大学に入ってから僕のまわりでゴロゴロ見かけるようになった連中のひとり、という印象があった。立居振舞いも格好もどちらかというとダサかったが、色黒で顔立ちは良いので磨けばちっとは見られるようにはなるだろう、ぐらいに思っていた。

「アイツさ、今日見かけたらさ」

「何よ」

「いっきなしアメカジ」

僕はグズッと鼻を鳴らして笑った。

「破れジーンズがいかにも剣山でゴシゴシやりましたって感じでさ、ケツにバンダナ百枚ぐらいぶらさげてたよ」

「はは……」

「アイツあの格好で埼京線乗って来ンだぜ、いい味出して恥ずかしいよな」

車は一方通行の道を抜けて外堀通りに入り、迎賓館の脇を通って青山通りに向かっている。

「〝ダイナー〟へ行こうか」

僕は思いついて言った。

「あ、うん。今俺もそう言おうと思った」

梶井は笑いながら答えた。

通り沿いに梶井はうまく空いた場所を見つけ、びっしり並んだ駐車の列にアコードをすべりこませた。〝ダイナー〟に来るのが久しぶりだということに、僕は見たことのない新しいウエイトレスの女の子を見てはじめて気付いた。

高校のころ僕たちは、よく〝ダイナー〟を訪れた。リンと浩次、良ちゃん、大野、みんなでつるんでよく遊んだ。外苑の試合を観た帰り、森村の女の子をひっかけてお茶を飲んだのもここだった。たまたま隣りに坐っていた女子大生風のおネエさんと仲良くなって、煙草を頼まれ、バージニアスリムを知らなくて笑われたのもここだった。

黒いタイトスカートをはいた新しいウエイトレスが、腰をふりながらオーダーを取りに来た。「ハンバーガーとコーラ」。僕と梶井は同時に言い、ウエイトレスに笑われた。

七月にしては涼しいのは風があるからだろうか。さすがに太陽だけは夏の威厳を崩すことなく、正午を過ぎたばかりの街のアスファルトの上に、強く白い光を投げ出している。

「リンさ、何やってるのか知ってる?」

やはり腰をふりながら去って行くウエイトレスの、後ろ姿を見送ってから僕は言った。

梶井は首を傾げて、くわえていた煙草に火を点けた。

「バイトだろ?」

「でもアイツ、ほとんど家にいないんだぜ」

梶井はもういちど首を傾げた。

「ま、でも夏休みには遊べるんじゃん、良ちゃんか浩次か帰って来るかも知れないし」

「そうだな……」

ハンバーガーとコーラが運ばれて来た。梶井はいつものように、フレンチフライに気持ち悪いほど大量のケチャップをぶちまける。僕はどろどろしたトマトの色を見ながら、いつか観た「ダイナー」という映画のことを思い出した。

確かリンと良ちゃんと浩次が一緒だった。僕たちは実際、よく授業をサボっては映画を観に行ったものだが、何の気なしに入った目黒の映画館で観た「ダイナー」にはケビン・ベーコンもミッキー・ロークも出ていて、思わぬ拾いものをしたような気持ちになったのを憶えている。

「ファンダンゴ」、「アメリカン・グラフィティ」、「アウトサイダー」、とにかく僕たちは、間違ってもフランスの文芸ものとかウッディ・アレンなんかの小むずかしい映画を観ることはなかった。僕たちは、殊にリンは、楽しめるアメリカ映画をこよなく愛していた。そういう映画を観ているときのリンは、スクリーンを通して垣間見えるアメリカという国を、身を乗り出して見つめているようだった。

リンはアメリカに惚れているのだと思う。そうして僕も。他のみんなも。だからこそ僕たちは、浩次の留学が決まったときに「オメデトウ」の代わりに「バカヤロー」と言ったのだ。

「あ、そうそう……」

梶井が隣りで口を動かしながら不明瞭なことばを発した。

「お前さ、呑みこんでから喋ろよ」

梶井は手をあげて僕のことばに応えると、大げさに首を振って口の中のものを呑みこんだ。

「ナカダいるじゃん」

「いっこ下の?」

「そうそう。あいつダブったってよ」

「うわ、やるような気がしてたけど」

高校の一学年下に、ナカダという性格は悪くないが箸にも棒にもひっかからないような奴がいた。いい奴なのだがだらしない上に要領が悪かった。

梶井はパラソルのついたテーブルの下で脚を組み替え、コーラのストローを道路の上に投げてコップにじかに口をつけてから続けた。

「あとさ、ササキとかカズヨシとか、あのへん全部ダブリだって」

「豊作だな」

僕たちの学校は小学校から高校までくっついていて大学だけないという理不尽なところだったから、実際受験のころの僕たちは、ちっきしょう大学も作れよなどと甚だ手遅れなボヤキを洩らしたものである。しかし小・中・高と十二年間を一緒に過ごすため、全員がほとんど、お互いに顔を見知っている。下手をすると家族構成まで知っている。

五年、六年の差があるとちょっと憶えていない人もいるが、二、三年の先輩後輩関係なら、かなりしっかり記憶にも残る。ナカダたちは一学年下ではいちばん派手に遊んでいて、「学院」や「塾高」の奴らとチームを組んだりしていたはずだ。あいつらは上に大学があるのだからいくらダブっても結局は持ちあがれるが、ナカダたちは何年留年してみても「受験」は避けられない過程なのだ。そのことを忘れて遊び呆けていたのだろう。馬鹿な奴らだ。

そのあとはいきおい、高校時代の友だちの消息、それから僕たち自身の昔話になった。僕は高校、中学のころ、さらには小学校のころの仲間たちの姿を、久しぶりに思い出した。

僕は小さいころから取り柄といえば足が速いということだけで、そのくせ鉄棒とか跳び箱とかは自分でも悲しくなるほどできなくて、いつもどちらかというと大人しい部類に入る子どもだった。中学に入って、サッカー部でリンや浩次たちと仲良くなって、僕が少しずつ変わってきたのはたぶんそのころからだ。

リンはもの凄く痩せていた。一年中真っ黒に陽灼けして、朝は清潔な制服のシャツを昼ごろにはもう汚していた。登校して来るときはちゃんと靴下をはいているのに、下校のときはなぜか靴下をはいていないことが多かった。そうして、汚れたシャツはランドセルを背負うとおいらんのように背中が抜けてしまい、はだけて露わになる痩せた胸もとには、いつも黒光りする鎖骨が見えていた。

僕たちは小学校のころのそんなリンを、「ピッグ・ペン」と呼んでいた。ピーナッツのコミックスにそういう名前の男の子が登場するのだが、そいつは家を出て五分もしないうちになぜだか全身泥だらけになってしまうのだ。

いつだったか、たぶん小学校三年かそのくらいのころ、リンがいちばん高い鉄棒でみんなに大車輪を披露してくれたとき、背中から垂直に地面の上へ墜落したことがあった。リンはそのとき泣かなかった。泣かなかったけれど、仰向けになって手脚だけ上にあげた墜落したままの状態で、両目をカッと見開いて動くこともできない様子だった。リン、大丈夫？　しっかりしろよ。口々に言って見ていたみんなが駆け寄ると、リンは片手を胸にあて片手をみんなのほうに向けて言ったのだ。

——はなしかけないで……。

僕がこのときの話をしてやると、梶井は目尻に涙さえ浮かべて笑った。

「リンらしいな、それは」

小学生のころはそんなふうだったリンは、中学校の三年間で三十センチも背を伸ばした。サッカー部の主将、いつもいつもの僕らの遊び仲間、そうしてそれ以上に、リンは僕の自慢だった。

——こっちにはリンがいるんだぜ。

いつもそんなふうに思っているところがあった。けれどチビで痩せていて、いつだって僕の前に並んでいたはずのリンは、中学校のときにあっけなく僕を追い越してずっと後ろのほうへ行き、そして今では、もっともっとずっとむこう、もう僕の視界には入らないところに行ってしまったような気がすることが、ときどきある。

「ほんと、何やってんだろうなありンは」

そんな僕のことばを聞いているのかいないのか、梶井は笑ったあとのぼんやりした表情で、目の前を行き過ぎる人びとの流れを眺めている。

昼休みが終わる時間なのか、青山通りはさっきよりも人の行き交いが多くなったようだ。脱いだ背広を脇に抱えたサラリーマンたちや財布とハンカチを片手に持った若いOLが、脇目もふらずに僕たちの横を急ぎ足で通り過ぎていった。

最後の試験は「体育理論」だった。僕はこの授業には前期二回ほどしか出席していなかったが、やはり人あたり良く明るくみんなに接していたのが功を奏して、毎週誰かしらの代筆の恩恵にあずかっていた。出題される問題は毎年同じなのでコピーが出廻っており、僕は隣りに坐った奴から聞き出したその答をそのまま解答用紙に書きこめばいいだけだった。

試験は三十分かそこらで終わり、僕はやっと休みがはじまるという子どもじみた喜びに勢いよく階段教室を駆けのぼった。

肩をポン、と叩かれたのは、いちばん上にある扉に手をかけたときだった。

「原田クン」

えッ、と思って振り返ると、見たことのあるようなないような、ちょうどいい色あいになったジーンズにヒューストン・ロケッツのTシャツを着たわりと可愛い女の子が立っていた。

「うそ、判ンない？」

女の子にしては低めの、その声で思いあたった。

「あ、吉本？」

「そオそオ」

吉本玲子は頷いて笑い、その声が多少大きめだったため、教室内にまだ残っている学生たちがこちらのほうを振り向いた。僕と吉本玲子はそそくさと教室の外へ出た。

「すげえ久しぶりじゃん」

「うん、高二のときの文化祭以来だね」

「えッ、来てたの」

「行ったよオ、原田クンの歌うの見たんだよ」

「うわー」

僕はやはり多少は恥ずかしくて、いたずらに自分の頬をピタピタと叩いた。高校のとき僕はリンたちとバンドを組んでいて、僕はキーボードだったのだが高二の文化祭では一曲歌わされたのだ。

吉本玲子は高一のころ、僕たちと付きあいのあった女子高のグループにいた子だった。たしか短大とくっついた高校だったはずで、同じ大学にいるということはつまりわざわざ受験したということである。梶井から、玲子が同じ大学らしいという話を聞いてはいたが、会うのははじめてだった。短大付属の高校からわざわざ外に出ることもないのになあ、などと梶井と言いあって、それきり忘れてしまっていた。

「原田クン経営だったんだ」

玲子が言った。

「体育理論」はいくつかの学科が合同で授業をするので、学科ごとに席が決められている。たぶん玲子は、僕が立ちあがるところで僕を見つけて、追いかけて来たのだろう。

「そう、経営。吉本は？」

「イスパ」

「げッ」

正直いって僕は驚いた。イスパニア語学科はこの大学ではもっともハードな学科のひとつなのである。

大体においてこの大学は語学教育を看板にしているのだが、外国語学部の中でも「鬼のイスパ地獄のロシア」と言われているくらいイスパニア語学科は入る難しさ以上に入ってからの存亡が危ぶまれるところなのだ。

高校のころはわりと、というよりかなり遊んでいた吉本玲子が、エスカレーターの短大をふって他大受験したことさえ驚きに価する事実であるのに、なかんずく外国語学部イスパニア語学科に在籍しているとは、まったく意外な話である。

「その『げッ』っていうのは何なのよ」

「いやあ、でもよく受験したじゃん。俺が吉本だったら、絶対そのまま短大行くけどな。勉強したんだ?」

「まあ、それはしたよ」

「えらいじゃん」

「だって原田クンもそうじゃない」

「それはそうだけどさ。でも俺ン学校《とこ》は短大くっついてなかったから、しょうがないでしょ」

玲子はあはは、と声を出して笑い、そのあと急に真顔になって言った。

「でもやっぱし、ウチの学科はすっごくタイヘンだよ。あたしもしかしたら、受験のときより勉強してるかも知ンない」

「うそ」

「ホント。毎日の予習と宿題の量を原田クンに見してあげたい」

「へえ……。どうすんの、そんなベンキョウして」

「スペイン行って翻訳家になる」

玲子はほとんど間髪入れずに答えた。僕は思わず玲子の顔を覗きこみ、玲子はそんな僕の表情に気付いて少し照れたようにニヤッと笑ってから付け足した。

「夢だけどさ」

「……すげえな」

「まあ、そう思ってればさ、なんとなく落ち着くでしょ」

「ふうん……。そういうもんか」

「そういうもんよ」

「でも、そんじゃ遊んでるヒマなんか全然ないだろう」

「遊ぶことなんてもう考えてないよ」

玲子はそう言ってから、いたずらっぽい目で僕を見あげた。

「驚いた？」

僕は笑って頷いた。

「昔は良かったねえ、だなんて、あたしたまに思うよ」

——自分の未来ってものが、そんなに間近には見えてなかったころっていう意味？

訊こうとして止《や》めた。隣接した教会から、正午を報せる鐘の音が場違いな荘厳さでもって鳴り響くのが聞こえてきた。

「あっ、あたしラウンジで待ちあわせしてたんだ」

玲子はくるりと背を向けると、また会おうねえと手をあげて長い廊下を走っていった。

残された僕は、長く尾を曳く鐘の音をぼんやりと聞きながら、昔の吉本玲子のことを思い出していた。

「セーラムかなんか吸って、脚なんかキレイだったし、わりとカッコ良かったんだぜ、お前……」

僕はぼんやりと呟いた。いつだったか六本木の〝ジル〟でのパーティーで、玲子たちのグループと偶然一緒になったことがあった。〝ジル〟がまだ潰れていなかったころの話だから、高一の終りか高二のはじめのころだろう。

三連のパールが流行っていた。玲子の、腰の方まで見えそうに開いた服の背中に、からまったパールがうねっていた。玲子は灼けた背中をためらいなくみんなのほうに向け、脚を組んで煙草を吸っていた。ユーロビート全盛時代だった。

僕はなんということもなく溜息をついて、「ブレイク・ミー・イントゥ・リル・ピーシズ……」などと口ずさみながらだだっ広い階段を小走りに駆け降りた。

「ひとりで行っちまうのが、やっぱズルイって感じを引きおこすんだよな」

梶井がさっきからさかんに浩次の悪口を言っている。僕はハンドルを握っていた。八王子の大野を迎えに行った帰りなのである。

久しぶりにみんなで会おうと、めずらしくリンが言い出した。美大に通っている大野は休みの課題が山ほどあるそうで、まあ少なくとも僕や梶井よりは時間がないようだ。今日も課題のせいでほとんど寝ていないと言うので、つい情け心を起こした僕が「じゃあ迎えに行ってやるからさ」などと言ってしまった。

246をずっと北上して、やっと瀬田の交差点まで辿り着いた。ようやく見慣れた風景を見られて、僕は少なからずホッとした。ここから246は、厚木街道から玉川通りへと名を変える。僕にとっての246は、やはり上に首都高を載せた、妙に薄暗いイメージの道路なのだ。

大野は後部座席でそっくり返り、軽いイビキをかいている。そうかと思うと、梶井が浩次に対してぶちまけている不平に、いきなり相槌を打ったりしている。すると梶井はドキッとしたように後部座席を振り返り、「お前、寝るか起きるかハッキリしろよ」などと言う。こいつらと一緒にいることで妙に心地良さを感じている自分に、僕はふと気付いた。

渋滞の表示を見て僕は道を変え、環八から目黒通りに入った。中根の近くまでさしかかったころ後ろの大野は本格的に目を覚まし、むっくりと起きあがって言った。

「あれ……、自由ヶ丘じゃないの……」

「うん。〝ダイナー〟でリンが待ってるんだ」

「あー、〝ダイナー〟行くの、百年ぶりぐらいだよ、俺」

白金トンネルを抜けて、外苑西通りに入ったあたりから雨が降り出した。雨の滴がパタパタと音を立てて、フロントガラスいっぱいに何かの細胞のようにへばりついた。僕はワイパーを動かした。

「あ、そうだ」

寝起きのボンヤリした顔で斜めに過ぎる雨滴の矢を見ていた大野が、何かを思いついた口調で言った。

「何」

「良ちゃんさあ、夏は帰れないってよ」

「えッ」

僕と梶井が同時に訊き返した。

「こないだ電話あってさ、帰れないって言ってた」

「えー、俺ンとこかかって来なかったぜ」

「ああ、夜遅かったからさ。ひとり暮らしの奴ンとこじゃなきゃ、かけづらかったんじやないの」

僕はなんとなくつまらない気持ちになった。良ちゃんは絶対帰ってくるような気がしていたので、期待はずれが面白くなかった。

「ふうん……」

呟いてはみたが、胸の奥に何か不安な粒が残っている。良ちゃんが帰って来ないということだけでこんな気分になってしまう自分を、多少情けなく思いもした。

表参道の交差点まで出ると、まるで空が計ってくれたかのように雨があがった。僕はリンは、〝ダイナー〟で待っているであろうリンのことを思った。

〝ダイナー〟のテラスにひとり脚を組んで坐っていた。

「おうおうおう」

僕たちの姿をみとめると、リンは立ちあがって太い声で言った。久しぶりに見るリンは、やはり以前のリンと同じだった。

「リンよオ、何やってんだよお前はア」

リンの四角い顔は、笑うとまん丸になる。リンはそのまん丸い顔をして、痛いほど僕の背中を叩いた。

だれが運転するの、と僕は一応阻むふりをしてみせたが、リンはそれに構わず「クアーズ四つ」と大声で言った。

両脇に高いビルが並んでいるせいで四角く区切られて見える空には、さっきの雨雲がちぎれちぎれになった隙間に真夏の太陽がのぞいている。まだ午後の早い時間、〝ダイナー〟で四人がビールのグラスをかたむけることに、僕も満足した気持ちになった。

タイトスカートの女の子が、やっぱり今日も腰をふりながらビールを運んで来た。

「ま、とりあえず、何のためにかは判ンないけど乾杯」

乱暴に注いだせいであふれたビールは、逆三角形のグラスの側面を伝い台座の下に丸い小さな水溜まりをつくった。濡れたグラスをカチリとあわせると、小さな飛沫が僕の顔をはじいた。

車の中の続きで、梶井がリンに対しても浩次の文句を言った。梶井は、まっ先にアメリカへ行ってしまった浩次に腹を立てているというよりも、むしろ羨しいのだろう。大野が良ちゃんが帰って来ないということを言うと、リンは「へえ」とだけ言った。僕は浩次は帰って来るのだろうか、とちらりと考えた。

浩次がなぜアメリカへ行ってしまったかというと、それはバカだったからなのだが、それでもアメリカへ行ってからはわりと真面目に勉強しているらしい。

浩次は親がクリスチャンだったばっかりに、――僕たちの学校はプロテスタント系の学校だった――慶応の幼稚舎を蹴って僕たちと一緒に学ぶことになったという、滅多にいないような経歴の持ち主で、高三のころにはよく「ほんとだったら、俺来年から慶応の一年生なのに」と言っていた。けれどクリスチャンの家庭に育ったわりにはヒドい奴だった。殊に女に関しては。

「そう、アイツは中学のころからそういうキザシを見せていた」

梶井が断定の口調で言った。中学のころから、女子校の子たちと何かやるというときは、そういえば必ず浩次が一枚かんでいた。

顔立ちがわりと整っているので、もっとも僕らからは「ジャニーズ顔」と言われてしばしば気を悪くしていたものだが、浩次のカオに騙されてしまった女の子は多かった。そうして自分から引っかけておいて、引っかかったあとの始末をしないという、浩次はいちばんどうしようもないタイプでもあった。相当恨まれたことだろう。更に高校にあがってからは、浩次の女癖の悪さは有名になった。

「きわめつけはあの子だよな、名前忘れちゃったけど」

「サカエ」

僕はほとんど反射的にその名を言ってしまってから、それに続く嫌な出来事を思い出した。

「そうそう、ナントカ川サカエだ、原田よく憶えてンなあ」

大野が僕の顔を見て不思議そうに言った。僕も苗字までは憶えていないが、サカエという子のことは忘れていない。

「高二だかのクリスマス・イブにさ、ヒルトンだっけ、部屋とってあったのに浩次ばっくれちゃってさ……」

その続きは言ってほしくなかった。

「そんでサカエちゃん、一晩中ひとりで浩次のこと待っててさ。あ、あンとき尻拭いしたの誰だっけ」

リンがにやにやして「原田だろオ」と言う。まったく、こういうことに限ってみんな憶えているのだ。

「そうそう、原田だ。まあ原田がいちばんなぐさめてくれそうな感じするもんな」

そうなのだ。あの年のクリスマスの朝、僕はいきなりかかってきたサカエからの電話で起こされたのだった。

——浩次クンがね……、来ないの。

涙声だったのだ。

浩次に電話をすると、え、だって俺、もうあの女うざってえんだもん、あと頼むよ、などと言われてしまい、僕は仕方なくその夜サカエに付きあった。自由ヶ丘でサカエの愚痴を三時間にわたって聞いてやり、足もとも覚束ないほど酔っぱらってしまった彼女をタクシーで家まで送り届けるということまで、僕はしたのだ。まったく、何が悲しくてクリスマスの夜にヒトの女の愚痴を聞かされなくてはならないのかと、あのときは思った。あとで僕は、タクシー代の三倍の額を浩次に請求した。

「そうだよ俺、いつか忘れたけどK女の女の子にさ……」

大野が思い出したように話しはじめた。高二だか高三だかのときに、K女の女の子数人と話していると浩次の名前が出たのだという。

——ああ、俺トモダチだよ。

何気なく大野がそう言うと、女の子たちはギョッとして大野を見つめ、おずおずと言ったのだそうだ。

——あのヒト、鼻がないってホントの話？

——ハナッ!? え、あるよあるよ。何それ、どういう意味？

——えー、なんかビ、ョ、ウ、キで鼻が落ちたって噂があるから……。

「たまがっちゃったもん、俺。あとで大笑いしたけどさ」

僕はひとしきり笑ってから言った。

「あいつヨワイ十七にしてあれだもんな、あんなのアメリカへやっちゃっていいのかよ」

言ったあとで、そうか、あのころ僕らは十七だったんだ、と、それがなんだかひどく不思議なことのように思えた。あたりまえのその事実が、僕の心にだしぬけの振動を与えた。

けれど大野も梶井も、たぶんリンも、それには気付かない様子で、今アメリカにいる浩次の生活について憶測をとばしていた。

「だからさ、浩次が帰国したら、歯ブラシとカミソリの共用は避けような」

「そうだぜ、社交的なキスしかしちゃいけないんだぜ」

奴らの冗談に僕もへらへらと笑い、十七であろうと十九であろうと、あの浩次はあの浩次だと決めこむことで振動を押さえようとした。それなのにリンは、急に真顔になって言った。

「あれ、もしかしてみんなもう十九になっちまったの」

僕の誕生日は七月六日だから、僕は十九になっている。リンは五月だったはずだ。梶井も大野も、ここにいる四人はたしか夏休みには十九になってしまっているのだ。

「ヤバイよなあ……、みんな十九か」

リンが呟くように言った。浩次や良ちゃんは十九になっただろうかと、僕はふと考えた。
三、四人の背広を着た男たちが、僕らのすぐ脇を通り過ぎた。リンは男たちを横目で見ながら、前歯で口唇の端を噛んだ。
「俺さ——」

僕はふいとリンの顔を見た。そのときのリンの顔は、ひどく懐しい感じがした。それはずっと昔、リンが鎖骨を見せた「ピッグ・ペン」だったころの顔だった。

「俺、背広だけは一生着たくないんだ」

そのことばに、わけの判らない衝動を僕は感じた。――リン。何か言わなくちゃと思って口を開きかけたとたん、背後で女の嬌声があがった。

何ごとかと思ったら、また雨が降りだしてきたのだった。プラスティックのテーブルの上に開かれた白とグリーンのシマのパラソルに、雨粒があたってバツンバツンと音を立てた。

にわか雨に見せかけて強さを増してきた雨に、テラスのテーブルにいた客たちはみんな店の中へ入っていった。次第に雨は斜め降りになって、僕の膝もびしょ濡れになった。

僕たちは示しあわせたかのように立ちあがろうともせず、ただお互いの顔を見てニヤリとした。やがて雨は土砂降りと呼んでもいいほどの降り方になり、僕たちの背中といわず肩といわず、ずぶ濡れにさせた。

朝から晩までバイトしていて、たぶん昨夜もあまりよく寝ていないのであろうナチュラル・ハイのリンは、豪快に笑いながら自らパラソルの外へ飛び出すと「Cheers！」と叫んでグラスに残っていたビールを飲み干した。僕たちはそんなリンに拍手を送り、乾杯に応えてビールのグラスを空にした。

買いものがあったので出かけた帰り、ピーコックのハーゲン・ダッツの前で北原さんに会った。北原さんは僕たちのいっこ上にいた人で、〝B〟でバイトしているという話を聞いたことがあった。

「何、お前J大受かったんだって？」

「ええ、梶井なんかも一緒ですよ」

「すげえじゃん、勉強したんだ」

「はあ、まあ……」

北原さんがどこの大学に行っているのか僕は知らなかったが、こう言われてしまったあとでは訊ねられなかった。

北原さんは中学、高校とラグビー部の主将で、いっこ上のいちばん派手なグループの中でもまっ先に目立つ人だった。相変わらず陽に灼けて、年季のはいった感じはカッコ良かったけれど、なんとなく昔に較べると痩せたような気がした。

「リンは浪人してるンだっけ」

「いえ、あいつ何やってんのか俺もよく判ンないんですよね」

「え？」

「大学には行ってないんだけど、別に浪人ってワケでもなくて……」

「へえ」

北原さんは要領を得ない様子で、曖昧に頷いた。

「北原さん何やってンですか」

「何って、大学生」

「あ、それはそうでしょうけど」

「なーんもやってないよ、俺は」

「へ？」

北原さんは苦笑して、更に言い重ねた。

「なーんもしてない、ほんと見事なくらい——。原田は何、梶井なんかとつるんで遊んでンの？」

「いやあ、遊んでないですよ。なんかコッパズカシイっすよ」

北原さんはあはは、と笑った。

「大学《がっこう》つまンないだろ」

僕がその問いに深く頷くと、北原さんはもう一度笑ってから声をひそめるようにして言った。

「表面に出て派手なことするのはヤバイぜ。それこそコッパズカシイだろ。大学入ったらさ、水面下でコソクに遊べよ」

僕は思わず北原さんの顔を見返した。これはたぶん、北原さんのかなりきわどい本音だろうと僕は思った。なぜか急に、ひどくつまらないような味気ない気持ちがした。

――なんか面白いことしようぜ。

不意にリンの口癖が頭の中で響いた。そのことばは、僕を含めたみんなの、生活全体の信条であったのだ。そうしてリンの言う「面白いこと」は、今北原さんが言ったような「水面下でコソクに遊ぶ」ことでは決してなかった。

しかしそのときの僕が、自分で悲しくなるくらい北原さんの言ったことの意味を判ってしまったのはほんとうである。そうだ、僕は自分でも強く意識することもせずに、大学《がっこう》の友人たちに対してはただただ明るいいいヤツを演じ続けている。腹の中では連中を見下しながら。

そうして僕は、だしぬけにあることに気付いた。それは今まで僕が、ほんとうは知っていたのに、気付くまい気付くまいとしていたことだった。

「――〝B〟でバイトしてンですよね」

急に二段階ぐらい重たくなった気分を吹き飛ばそうとするかのように、僕は殊更に話題を変える口調で言った。

「そう。よく知ってンじゃん。木下とか福尾とか、たまに遊びに来てるよ」

「へえ……。俺アイツらには全然会ってないな」

「そうなの？　ま、お前らもリンなんかと遊びに来ればいいじゃん。ジャスミン茶サービスしてやるよ」

「ええ」

北原さんは、じゃ、と手をあげてバス通りを丸井の方へ横切った。ちょうどやって来た田園調布駅行きのバスが、パアッと鳴いてパッシングした。

ビッグ・マックのダンガリーの後ろ姿は、赤いラインの入ったバスの巨体にかくれてすぐに見えなくなった。


僕はかなり酔っていた。

「大野さあ、大学《がっこう》楽しい？」

僕は酔いがまわりはじめると、やたらと他人《ひと》に「酔ってる？」と訊く癖がある。

「今日は質問が違うじゃん」

大野はにやにやしながらそう言った。アーリータイムスのソーダ割りが、腹のあたりで妙にシュワシュワ音を立てている。

北原さんの「ジャスミン茶サービス」につられて、僕たちは〝B〟に来ていた。リンは大好きなトリ肉のサラダの皿をひとりで抱えこみ、梶井は残り少なくなったボトルをためつすがめつしている。かなりの短時間で空けてしまった。

「ガッコーねえ」

大野は考える目付きになった。

「ガッコーかあ……。とりあえず、楽しいかなんてあんまし考えてねえなあ」

「え？」

「楽しいか楽しくないかなんてさ、わりと問題外だよ。だってさあ、すげえンだ、ほんとにヘンな奴ばっか」

「……」

「美大って、わりとヤバイぜ。普段はさ、ほら絵の具とかで汚れちゃうから、みんな汚ねえカッコしかして来ないんだよ。そんでさ、試験中になるとみんなすげえの、ここぞとばかりにさ、もうカラスみたいになっちゃうのよ」

「うわ……。合わねえだろ」

「結構ね。でも仕方ないンじゃん」

僕は梶井の方を見た。だらしなくテーブルに身を預けた梶井は、それでも酔った目を見開いて、上目づかいに大野を見ている。

「――仕方ないンじゃん」

梶井は大野の台詞をそのまま繰り返して僕を見た。僕は頷いて梶井を見返した。でも僕は、「仕方ないンじゃん」と言い切ってしまえるだけの大人げを持ちあわせていない。

「北原さーん」

サラダを食い終えたリンが急に後ろのほうを振り返って大声を出した。北原さんが苦笑いしながら、カウンターの中から出て来て僕たちのテーブルに近づいて来た。

「お茶のサービスあるんでしょ」

すぐ横に来た北原さんに、リンはにこにこ笑いながら言った。北原さんはしょうがねえなあと呟きながらカウンターの中へ戻って、中国茶のポットを持ってまたやって来た。テーブルの上にポットを置いてそのまま去ろうとした北原さんを、僕は呼びとめた。僕は酔っていた。

「北原さん、北原さん何やってンですか」

「えー、バイトしてるよ」

「そうじゃなくてえ、そうじゃなくて北原さんどこ行っちゃったンですかあ」

「お前何言ってんのよ」

「北原さん、困ってンですよ俺。北原さんなんかがダーッと、前みたく滅茶苦茶やっててほしいですよ」

「おい、俺を不良少年のように言うなよ」

「俺さあ、北原さん。やっぱできないみたい。コソクに遊べない。もう、どうしたらいいんですか」

北原さんは黙って、酔いつぶれた僕を見おろした。

「すいません北原さん。コイツ酔ってンですよ」

大野がとりなすように言った。自分でも、北原さんに何を言いたいのか判らないでいた。

北原さんが僕の頭をポンと叩いた。北原さんの掌はでかくて、きっと自分ではそんなに力を入れたつもりはなかったろうけれど、わりと痛かった。

「お前がさ……、お前が、頑張れよ」

北原さんはそう言うと、ニヤッと笑って行ってしまった。

四人はアーリーのボトルを完全に空けてしまってから〝B〟を出た。夏の夜風は、酔った身体にちょうどよく心地良かった。

僕たちは酔いにまかせて、家に帰るでもなくそのままふらふらと歩いた。電車はもうとっくになかった。

「夏も終わるな……」

歩きながら、前を行くリンの声を聞いた。良ちゃんも浩次も、結局帰って来なかった。

「そうだな……」

「大野ンとこ、休みいつまで？」

「九月十日」

「俺と原田さ、九月いっぱい休みなんだ」

先を歩いていたリンが、身体を半転させて振り向いた。

「休みは続いてもさ、ほんとの夏は、やっぱり八月で終わるんだ」

僕は駆け出したいような気持ちを抑えて、大野にだらりと寄りかかった。

「吐くなよ」

「バカー、気分壊れンなあ」

十九歳になった四人は、終わりかけの夏の中をなんだか上ずった気持ちで歩いていた。


八月三十一日の夜、僕らはもういちど集まった。誰が言い出したということもなく、僕たちは二台の車に分乗して僕たちの母校へ向かった。

高速道路を見おろす丘の上に、妙に厳かな感じの十字架がへばりついた校舎が建っている。僕たちはここに十二年間通ったのだ。

駐車場に車を入れてしまうと、四人は校庭のほうへまわった。誰もいないひっそりとした校庭は、けれど僕の記憶にあるままだった。

リンはグラウンドの隅に転がっていたボールを目ざとく見つけ、ひとりでドリブルしながら土の上を駆けまわった。塀に沿って植えられた木々のむこうに、白茶けた夜空が見える。木々の葉は水銀灯の光に照らされて、薄い緑に透けている。

「俺さあ、学校キライだったよ」

リンのドリブルを眺めていた僕の隣りで、梶井がぼそりとそう言った。大野がうん、俺も、と頷いた。グラウンドの上でリンが派手に転んだ。ヘインズの霜降りTシャツが、泥で汚れてサイケな模様になる。

僕たちは実際、たくらんでよく学校をサボった。それで映画を観に行ったり、女の子と遊びに行ったりしていた。いっぱしの遊び人気どりで——。

あのころ僕らは、自分たちの認める価値観に浸っていた。僕は僕の「常識」に、何の不安も感じなかった。

僕の「常識」が今の僕のまわりにいる連中に通じなくなったのは、時間が流れ、流れた時間の分だけ僕らが大人に近づいたからだ。もう僕たちは浸りきっていることはできない。随分前に気付いていたことを、僕はもう一度繰り返した。

そうだ、僕も学校がキライだった。けれどあのころは腐った日常でしかなかった日々が、今の僕たちにとっては透明なメモリーになりつつある。

——なんか面白いことしようぜ。

不意にリンの声が響いた気がした。グラウンドを振り返ると、汚れたTシャツを着たリンはサッカーボールの上に片足をのせて、僕たちのほうを向いて笑っている。

「泳ごうぜ」

リンが大声で言った。三人はおう、と一斉に答えた。グリーンに塗られた金網のフェンスを乗り越えて、コンクリートのプールサイドに降り立った。コンクリートには昼間の太陽のぬくもりが残っていて、モカシンを脱いだ裸足の足の裏に温度を伝えた。

「ゴキゲンだね」

リンはそう言ってジーパンを脱ぐと、泥だらけのTシャツは着たまま水の中に飛びこんだ。校庭の背の高い水銀灯に照らされた水面はライトブルーに映り、ゆるやかな波形《なみがた》をいくつもいくつも浮かべてゆらゆらと揺れた。

僕も服を脱いでプールに飛びこんだ。八月三十一日の夜は生あたたかくて、プールの水は適度に冷たく気持ち良かった。

エンターテイナーのリンが飛びこみ台から派手な宙返りをキメる。僕らは水の中から拍手を送った。濡れたTシャツはリンの身体に張りついて、いつもは僕よりもずっと逞しく見えるリンは、そうして見るとやはり昔のように痩せたままだった。

リンが白い歯を見せて大声で笑う。そうだよ、リン。リンはずっと、僕の自慢だった。

「サッフィンユッエッセーッ」

コースレールの上に立った梶井が、両手を広げ波に乗る姿勢をとって歌った。バーカ、僕たちが叫ぶと梶井はバランスを失って水の中に沈没した。大野も僕も、トランクスの中に流れこんでくる水のせいで尻をふくらませながら、くたくたになるまで水の中を泳ぎまわった。

「おい、誰か時計持ってる?」

リンがいきなり水から顔をあげて訊いた。

「俺持ってるよ」

「今何時?」

「えーと、十二時十分前」

ウォータープルーフの腕時計を覗きこんで、大野が答えた。

あと十分で八月が、僕らの十代最後の夏が終わってしまうわけだ。

みんなは一瞬沈黙して、お互いの顔を見た。リンはプールサイドにあがって、隅のほうに転がしてあったリュックの前にかがみこんだ。リンのTシャツからポタポタと水が滴って、プールサイドのコンクリートがリンの歩いたあとだけ水びたしになる。

「華々しくこの夏を見送ってやろうではないかねえ」

そう言ってニヤリとしたリンが、リュックから取り出したのはシャンパンだった。歓声があがった。

僕たちは十二時ちょうどになるのを待って、シャンパンを開けた。

「グッバイ・ティンネイジサマー!」

リンはボトルを振りまわして、僕らの身体にシャンパンをぶちまけた。僕はリンからボトルを奪って、リンの頭にシャンパンを浴びせた。そこら中がアルコールくさくなった。

高速道路をゆく車のざわめきが届く。僕は、ここで何度も繰り返した夏の日を思う。あのころは永遠に、あんな夏が巡ってくるような気がしていた。

口と皮膚から吸収されたアルコールに、僕たちはちょっと酔った。プールサイドに仰向けに寝そべると、もう九月になった夜空には靄《もや》のようなスモッグが覆って、星などひとつも見えなかった。

「リン『ファンダンゴ』の真似したろ」

僕は仰向けのまま言った。「ファンダンゴ」は、いつか僕たちが例のごとく授業をサボって、「西武の谷間」の映画館に観に行った映画だ。

「あ、あれ良かったよなあ、いかにもアメリカっつう感じでさ……。あーっ、ちくしょうアメリカ行きてえなあッ」

梶井が、最後の方は自分自身に向かって言うような感じで言った。アメリカは今、朝だろうか昼だろうか。浩次は今何をしているだろうか。

「浩次さ……」

のそりと立ちあがったリンがブッ切りの調子で言った。

「今、女と一緒に住んでるってよ」

えッ。僕らは思わず叫んで半身を起こした。リンはプールサイドの監視台に身体をもたせかけて、昨日の夜中、浩次から電話がかかってきたということを話した。

やはり日本から留学して来ている女の子に、もの凄く惚れてしまった浩次は、自分がこれまで住んでいたドミトリイを出て、その子とアパートを借りて住んでいるのだという。浩次はえらく真剣で、だからえらく真面目に勉強しており、毎日はどうしようもなく充実しているとリンに言ったのだという。

「嘘だろ……」

大野が呆然とした面持ちで呟いた。浩次が女の子に本気になることなんてあるのだろうか。僕たちの中でだって、いちばんだらしない遊び人で、女の子なんていつだって取っかえひっかえだった、あの浩次が――。

僕たち四人は、そのまましばらく黙ってスモッグに覆われた薄紫色の夜空を見ていた。僕は時間という奴の薄情さを思った。

「俺さ――」

沈黙を破ってリンが口を開いた。

「今、金ためてンだよ。ちょっとキツイとは思うけど、俺も来年にはアメリカ行けそうだよ。留学とかいうんじゃないけどさ……」

僕はもう、さっきほどは驚かなかった。

「無謀かも知ンないけど、でも行かないよりはいいと思うんだ。……無謀なことだから、だから――、十九のうちに行っちまいたいんだ」

僕は四十になっても五十になっても、リンのそのことばを忘れないだろうと思う。二十歳になったらアメリカには行けない。――リンはそう言ったのだ。

「だから俺にとっては、十代最後の、そんで日本でもたぶん最後の夏だよ」

フェンスのむこうの水銀灯を背にしたリンは、逆光のせいで顔がよく見えなかった。僕は目を閉じて、顔の見えないリンの輪郭を暗い瞼の裏に浮かべた。リンはいつもの口癖どおりに、いつだって自分を騙さず「なんか面白いこと」を追いかけていくのだろうと僕は思った。

僕たち三人は仰向けに寝そべったまま、立っているリンを見あげた。大野がいつになく低い声で言った。

「忘れンなよな、リン」

リンは黙って頷いたけれど、忘れないということは思っているよりずっと難しいのだと、僕は知っている。だから僕は、今このときの、光を背にした輪郭だけのリンの姿をしっかり憶えておくのだ。

十代の夏が終わってしまったのと同時に、愛すべきひとつの季節が、僕らに対してきっぱりと別れの挨拶を告げたのを僕は感じた。

「お前さ、『ファンダンゴ』のラストシーン憶えてる?」

立ったままのリンが、僕を見おろす格好で訊いた。憶えてるさ。僕もやっぱり仰向けのままで答えた。

僕たちの未来に乾杯――。そう言って主人公が、シャンパンを飲み干すんだ。

解説

井坂洋子

街で、時々、十代後半の男だけのグループに出くわすと、なんとなく目を伏せてしまう。中に女の子が混ざっていたりしても、その派手な光を撒き散らしている群れは視線すら潜り込めないような気がする。

彼らが一人で立ち止まっていれば別になんということもないのだ。チケット売場やコンビニのレジ前の列にいる彼らの後姿のかっこうのよさや横顔の白さを眺めていると、年齢こそ違え、自分とそれほどの違いのある人間とは思えない。ファッションや趣味、感覚や暮らしぶりがどんなに隔たりがあろうとも、彼らがどういうことで傷つき、何に怒って、何に憧れているか、その筋をたどれば了解できるだろうと思う。

それは、たとえば、表題作の登場人物である陽子、群れから遠離った彼女こそ親しく感じられる理由でもある。主人公の真規とのやりとりを通じて、彼女という人間をもっと浮き彫りにしてくれればもっと引きつけて考えられるのに、作者はこちらの欲求をはねつける。プツッと切ってしまう。

また、主人公の真規にしても、友達に陽子の過去を教えられ、いっぺんに彼女に対しての特別な思いがなくなるのだが、そのことは納得できる気がするけれども、えっ？それだけ？　というくらい、もやもやしたもの思いは語られていない。真規が試合で「ズル」をして、相手校のバスケ部の連中に袋叩きにあうシーンでも、自分がみじめな姿に突きおとされることで、一人に立ち返って、いよいよ群れへの齟齬や自分自身についてが語られるかというところで、幕だ。

この幕切れのあっけなさ。こちらのとまどう気持を見越したように、作者は結びでこう書いてる。

「小むずかしいことを考えている余裕は、今の真規にはない。（……）今は、とにかく、どうやってあいつらを潰すかが問題だ」

この小説は、たしかに、あまり小むずかしいことが語られているわけではないが、でも、わかりやすいかというと、そうでもないと思う。個人ではなく群れを伝えようとしているからだ。個人の「内面」はある意味で描きやすいが、群れを支配している空気、放っている光は語りにくい。

その、興味はあるが、決して立ち入ったり、知ったりすることのできなかった強い光を放つ輪の掟を、この本は伝えようとして、そして充分感じさせてくれていると思う。

「仲間たちは一分のズレさえも許してはくれない。既成の物差しをあててみれば、いいか悪いかの判断を下すのは簡単だ。いいか悪いか、そのどちらかしかなくて、いつだって崖っぷちを歩いているような気がする」

ここでは、群れの中にいる一人の心をかなり正確に言いあてている。「いいか悪いか」というのは、カッコいいか、みっともなくて仲間からバカにされてしまうか、であり、「崖っぷちの道は、不遜な少年たちに許された唯ひとつの生活」と述べている。それは「考えないでいつづける」ことでもある。

しかし、自分の頭や体で考えないで、既成の物差しで簡単に判断を下し、それに合わせようと時にくるしむのは、なにもこの若いグループにかぎってのことではなく、どんな社会的な集団にいても言えることだ。

十代後半の少年のグループにおいて特別のものではない。

そう、彼らはなんと特別でないことか。

たとえば、表題作は高校生グループだから別として、あとの三篇はみな十九歳の男たちが登場するのだが、彼らは成人の手前だということにナーバスになっている。ある者は「二十歳になったら、何をやってもフツウのことになっちゃうよ」(「誰かアイダを探して」)と心の中で呟き、ある者はアメリカ行を企て「十九のうちに行っちまいたいんだ」(「ティーンエイジ・サマー」)と言う。

十代の間は免罪符でいられる、ムチャしても光っている、でも二十歳になったら許されないし、もう大人なんだという意識は、彼らにしてみれば抵抗を感じ、バカにしてもいた社会的な慣習の線引きであり、それをそのまま自分たちの線引きにするほどまでに彼ら国有の掟てなどなく、充分社会に同化しているとも言える。いずれネクタイをしめたって、いっぱしの顔をしてやっていける片鱗がうかがえる。

では、彼らのグループの特有の輝きとはなんだろう。若い肉体が放つものだけだろうか。

いや、そうではないと思う。自分と向き合うしんどさの手前の、群れの支配的な空気や光の照り返しを浴びた、自分を無にしていられる輝きだ。じきに、各々が一人の人間として人生を始めなければならなくなる、ほんのひとときの偽悪的な輝き。

悪ぶるといっても、しょっ中遊びに出かけたり、他のグループ等の敵とやり合ったり、つきまとう女から逃げたりすることであり、仲間うちでの差別や陰湿なイジメ、猜疑心などが発生していない。それは自分を無にし、「考えないでいつづける」ことと裏腹な関係であるにしろ、さわやかさを感じる。

「あのころは腐った日常でしかなかった日々が、今の僕たちにとっては透明なメモリーになりつつある」——これは背伸びしても、群れに忠実だった者の、大いなる代償の言葉かもしれない。

本書は一九八九年九月、単行本として河出書房新社より刊行されました

少年《しょうねん》たちの終《お》わらない夜《よる》

一九九三年 七 月二〇日 初版発行
二〇二一年一〇月一〇日 新装版初版印刷
二〇二一年一〇月二〇日 新装版初版発行

著 者 鷺沢萠《さぎさわめぐむ》
発行者 小野寺優
発行所 株式会社河出書房新社
〒一五一－〇〇五一
東京都渋谷区千駄ヶ谷二－三二－二
電話〇三－三四〇四－八六一一（編集）
〇三－三四〇四－一二〇一（営業）
https://www.kawade.co.jp/

ロゴ・表紙デザイン 粟津潔
本文フォーマット 佐々木暁
印刷・製本 大日本印刷株式会社

Printed in Japan ISBN978-4-309-41837-7

肝心の子供／眼と太陽

磯﨑憲一郎　41066-1

人間ブッダから始まる三世代を描いた衝撃のデビュー作「肝心の子供」と、芥川賞候補作「眼と太陽」に加え、保坂和志氏との対談を収録。芥川賞作家・磯﨑憲一郎の誕生の瞬間がこの一冊に！

世紀の発見

磯﨑憲一郎　41151-4

幼少の頃に見た対岸を走る「黒くて巨大な機関車」、「マグロのような大きさの鯉」、そしてある日を境に消えてしまった友人A——芥川賞＆ドゥマゴ文学賞作家が小説に内在する無限の可能性を示した傑作！

「悪」と戦う

高橋源一郎　41224-5

少年は、旅立った。サヨウナラ、「世界」——「悪」の手先・ミアちゃんに連れ去られた弟のキイちゃんを救うため、ランちゃんの戦いが、いま、始まる！　単行本未収録小説「魔法学園のリリコ」併録。

優雅で感傷的な日本野球

高橋源一郎　40802-6

一九八五年、阪神タイガースは本当に優勝したのだろうか——イチローも松井もいなかったあの時代、言葉と意味の彼方に新しいリリシズムの世界を切りひらいた第一回三島由紀夫賞受賞作が新装版で今甦る。

そこのみにて光輝く

佐藤泰志　41073-9

にがさと痛みの彼方に生の輝きをみつめつづけながら生き急いだ作家・佐藤泰志がのこした唯一の長篇小説にして代表作。青春の夢と残酷を結晶させた伝説的名作が二十年をへて甦る。

きみの鳥はうたえる

佐藤泰志　41079-1

世界に押しつぶされないために真摯に生きる若者たちを描く青春小説の名作。新たな読者の支持によって復活した作家・佐藤泰志の本格的な文壇デビュー作であり、芥川賞の候補となった初期の代表作。

大きなハードルと小さなハードル

佐藤泰志　41084-5

生と精神の危機をひたむきに乗り越えようとする表題作はじめ八十年代に書き継がれた「秀雄もの」と呼ばれる私小説的連作を中心に編まれた没後の作品集。作家・佐藤泰志の核心と魅力をあざやかにしめす。

サラダ記念日

俵万智　40249-9

〈「この味がいいね」と君が言ったから七月六日はサラダ記念日〉――日常の何げない一瞬を、新鮮な感覚と溢れる感性で綴った短歌集。生きることがうたうこと。従来の短歌のイメージを見事に一変させた傑作！

〈チョコレート語訳〉みだれ髪

俵万智　40655-8

短歌界の革命とまでいわれた与謝野晶子の『みだれ髪』刊行百年を記念して、俵万智によりチョコレート語訳として、乱倫という情熱的な恋をテーマに刊行され、大ベストセラーとなった同書の待望の文庫化。

奇蹟

中上健次　41337-2

金色の小鳥が群れ夏芙蓉の花咲き乱れる路地。高貴にして淫蕩の血に澱んだ仏の因果を背負う一統で、「闘いの性」に生まれついた極道タイチの短い生涯。人間の生と死、その罪と罰が語られた崇高な世界文学。

十九歳の地図

中上健次　41340-2

「俺は何者でもない、何者かになろうとしているのだ」――東京で生活する少年の拠り所なき鬱屈を瑞々しい筆致で捉えたデビュー作。全ての十九歳に捧ぐ青春小説の金字塔。解説／古川日出男・高澤秀次。

千年の愉楽

中上健次　40350-2

熊野の山々のせまる紀州南端の地を舞台に、高貴で不吉な血の宿命を分かつ若者たち――色事師、荒くれ、夜盗、ヤクザら――の生と死を、神話的世界を通し過去・現在・未来に自在に映しだす新しい物語文学。

日輪の翼

中上健次　41175-0

路地を出ざるをえなくなった青年と老婆たちは、トレーラー車で流離の旅に出ることになる。熊野、伊勢、一宮、恐山、そして皇居へ、追われゆく聖地巡礼のロードノベル。

枯木灘

中上健次　41339-6

熊野を舞台に繰り広げられる業深き血のサーガ…日本文学に新たな碑を打ち立てた著者初長編にして圧倒的代表作。後日談「覇王の七日」を新規収録。毎日出版文化賞他受賞。解説／柄谷行人・市川真人。

猫道楽

長野まゆみ　40908-5

〈猫飼亭〉という風変わりな屋号。膝の上に灰色の猫をのせ、喉を撫でつつ煙管を遣う若い男。この屋敷を訪れる者は、猫の世話をするつもりが、〈猫〉にされてしまう……。極楽へ誘う傑作！

少年アリス

長野まゆみ　40338-0

兄に借りた色鉛筆を教室に忘れてきた蜜蜂は、友人のアリスと共に、夜の学校に忍び込む。誰もいないはずの理科室で不思議な授業を覗き見た彼は教師に獲えられてしまう……。第二十五回文藝賞受賞のメルヘン。

超少年

長野まゆみ　41051-7

本当の王子はどこに？　……十三歳の誕生日。スワンは立て続けに三人の少年から“王子”に間違えられた。王子は〈超（リープ）〉中に事故にあい、行方不明になっているという。〈超〉人気作、待望の文庫化！

野川

長野まゆみ　41286-3

もしも鳩のように飛べたなら……転校生が出会った変わり者の教師と伝書鳩を育てる仲間たち。少年は、飛べない鳩のコマメと一緒に“心の目”で空を飛べるのか？　読書感想文コンクール課題図書の名作！

ハル、ハル、ハル

古川日出男　41030-2

「この物語は全ての物語の続篇だ」――暴走する世界、疾走する少年と少女。三人のハルよ、世界を乗っ取れ！　乱暴で純粋な人間たちの圧倒的な“いま”を描き、話題沸騰となった著者代表作。成海璃子推薦！

ボディ・アンド・ソウル

古川日出男　40926-9

二〇〇二年十一月から二〇〇三年七月、東京――主人公・フルカワヒデオによる、作家・古川日出男の創世記が今、語られる。肉体と魂のハーモニーが物語を神話へと導く。

ノーライフキング

いとうせいこう　40918-4

小学生の間でブームとなっているゲームソフト「ライフキング」。ある日、そのソフトを巡る不思議な噂が子供たちの情報網を流れ始めた。八八年に発表され、社会現象にもなったあの名作が、新装版で今甦る！

想像ラジオ

いとうせいこう　41345-7

深夜二時四十六分「想像」という電波を使ってラジオのＯＡを始めたＤＪアーク。その理由は……。東日本大震災を背景に生者と死者の新たな関係を描きベストセラーとなった著者代表作。野間文芸新人賞受賞。

岸辺のない海

金井美恵子　40975-7

孤独と絶望の中で、〈彼〉＝〈ぼく〉は書き続け、語り続ける。十九歳で鮮烈なデビューをはたし問題作を発表し続ける、著者の原点とも言うべき初長篇小説を完全復原。併せて「岸辺のない海・補遺」も収録。

柔らかい土をふんで、

金井美恵子　40950-4

柔らかい土をふんで、あの人はやってきて、柔らかい肌に、ナイフが突き刺さる――逃げ去る女と裏切られた男の狂おしい愛の物語。さまざまな物語と記憶の引用が織りなす至福のエクリチュール！

笙野頼子三冠小説集

笙野頼子　40829-3

野間文芸新人賞受賞作「なにもしてない」、三島賞受賞作「二百回忌」、芥川賞受賞作「タイムスリップ・コンビナート」を収録。その「記録」を超え、限りなく変容する作家の「栄光」の軌跡。

溺れる市民

島田雅彦　40823-1

一時の快楽に身を委ね、堅実なはずの人生を踏み外す人々。彼らはただ、自らの欲望に少しだけ素直なだけだったのかもしれない……。夢想の町・眠りが丘を舞台に島田雅彦が描き出す、悦楽と絶望の世界。

島田雅彦芥川賞落選作全集　上

島田雅彦　41222-1

芥川賞最多落選者にして現・選考委員島田雅彦の華麗なる落選の軌跡にして初期傑作集。上巻には「優しいサヨクのための嬉遊曲」「亡命旅行者は叫び呟く」「夢遊王国のための音楽」を収録。

島田雅彦芥川賞落選作全集　下

島田雅彦　41223-8

芥川賞最多落選者にして現・芥川賞選考委員島田雅彦の華麗なる落選の軌跡にして初期傑作集。下巻には「僕は模造人間」「ドンナ・アンナ」「未確認尾行物体」を収録。

悲の器

高橋和巳　41480-5

39歳で早逝した天才作家のデビュー作。妻が神経を病む中、家政婦と関係を持った法学部教授・正木。妻の死後知人の娘と婚約し、家政婦から婚約不履行で告訴された彼の孤立と破滅に迫る。亀山郁夫氏絶賛！

邪宗門　上・下

高橋和巳　41309-9 41310-5

戦時下の弾圧で壊滅し、戦後復活し急進化した“教団”。その興亡を壮大なスケールで描く、39歳で早逝した天才作家による伝説の巨篇。今もあまたの読書人が絶賛する永遠の“必読書”！　解説：佐藤優。

帰ってきたアブサン

村松友視　40550-6

超ベストセラー『アブサン物語』の感動を再び！　愛猫アブサンの死から１年、著者の胸に去来する様々な想いを小説風に綴る感涙の作品集。表題作他、猫が登場する好篇５篇を収録。

アブサンの置土産

村松友視　40921-4

“アブサン、時には降りて来て、俺と遊んでくれていいんだぜ”。書庫に漂うアブサンの匂い、外ネコとの交流。アブサンの死から５年、著者と愛猫を結ぶ新たな出来事を綴る感動の書き下ろし！

冥土めぐり

鹿島田真希　41338-9

裕福だった過去に執着する傲慢な母と弟。彼らから逃れ結婚した奈津子だが、夫が不治の病になってしまう。だがそれは、奇跡のような幸運だった。車椅子の夫とたどる失われた過去への旅を描く芥川賞受賞作。

二匹

鹿島田真希　40774-6

明と純一は落ちこぼれ男子高校生。何もできないがゆえに人気者の純一に明はやがて、聖痕を見出すようになるが……。〈聖なる愚か者〉を描き衝撃を与えた、三島賞作家によるデビュー作＆第三十五回文藝賞受賞作。

ナチュラル・ウーマン

松浦理英子　40847-7

「私、あなたを抱きしめた時、生まれて初めて自分が女だと感じたの」——二人の女性の至純の愛と実験的な性を描いた異色の傑作が、待望の新装版で甦る。

ボディ・レンタル

佐藤亜有子　40576-6

女子大生マヤはリクエストに応じて身体をレンタルし、契約を結べば顧客まかせのモノになりきる。あらゆる妄想を呑み込む空っぽの容器になることを夢見る彼女の禁断のファイル。第三十三回文藝賞優秀作。

暗い旅

倉橋由美子　40923-8

恋人であり婚約者である“かれ”の突然の謎の失踪。“あなた”は失われた愛を求めて、過去への暗い旅に出る――壮大なる恋愛叙事詩として文学史に残る、倉橋由美子の初長篇。

新装版　なんとなく、クリスタル

田中康夫　41259-7

一九八〇年東京。大学に通うかたわらモデルを続ける由利。なに不自由ない豊かな生活、でも未来は少しだけ不透明。彼女の目から日本社会の豊かさとその終焉を予見した、永遠の名作。

青春デンデケデケデケ

芦原すなお　40352-6

一九六五年の夏休み、ラジオから流れるベンチャーズのギターがぼくを変えた。“やーっぱりロックでなけらいかん”――誰もが通過する青春の輝かしい季節を描いた痛快小説。文藝賞・直木賞受賞。映画化原作。

リレキショ

中村航　40759-3

“姉さん”に拾われて“半沢良”になった僕。ある日届いた一通の招待状をきっかけに、いつもと少しだけ違う世界がひっそりと動き出す。第三十九回文藝賞受賞作。

夏休み

中村航　40801-9

吉田くんの家出がきっかけで訪れた二組のカップルの危機。僕らのひと夏の旅が辿り着いた場所は――キュートで爽やか、じんわり心にしみる物語。『100回泣くこと』の著者による超人気作。

思い出を切りぬくとき

萩尾望都　40987-0

萩尾望都、漫画家生活四十周年記念。二十代の頃に書いた幻の作品、唯一のエッセイ集。貴重なイラストも多数掲載。姉への想い・作品の裏話など、萩尾望都の思想の源泉を感じ取れます。